Il commerciante di bottoni

Erika Silvestri

Il commerciante di bottoni

Memoria e speranza.
L'amicizia tra un sopravvissuto
ad Auschwitz e una ragazza

PREFAZIONE DI WALTER VELTRONI

Rizzoli

Questo libro è dedicato a mia nonna, a Giovanni, Lidia, Leo,
Cesare, Anna, zio Amedeo, nonno Leone e nonna Nina.
Che la loro memoria sia di benedizione per tutti.

Terza edizione Narrativa Fabbri Editori dicembre 2007
Terza edizione Rizzoli Narrativa gennaio 2016

ISBN 978-88-17-04771-5

Prefazione

Leggere provoca dentro di noi sensazioni, pensieri, immagini.

Leggendo Il commerciante di bottoni, *tra la profonda emozione che mi ha colto, le riflessioni che mi hanno preso, le mille scene che sono scorse davanti ai miei occhi, un'immagine su tutte mi è sembrato riassumesse il senso di queste pagine: quella di un uomo anziano che racconta, che risponde alle domande di una giovane donna, una giovane donna che parla con lui. Che lo ascolta.*

Quell'uomo ha una storia tremenda da rievocare. La storia sua. La storia di tanti. Cose che sono state, che arrivano da un passato che ha segnato la sua anima e quella di chi, come lui, ha sentito sulla sua pelle il morso dell'orrore.

Quella giovane donna ha una vita davanti. Ha tempo di fronte a sé. Ha uno spazio che lei dovrà riempire. Tempo e pagine bianche.

Le parole dell'uomo sono luce e buio profondo. Sono carne che sanguina ancora, dopo anni e anni ancora brucia come il giorno in cui proprio sulla sua carne furono impressi col fuoco numeri al posto del suo nome.

Parole che urlano, come le voci dei parenti strappati alle loro case del Ghetto di Roma. Sono lacrime, le stesse degli amici deportati nei campi di sterminio. Sono morte, come le vite di tutti quelli che furono trasformati in cenere.

E sono paura. La paura che di tutto questo dolore non rimanga più nulla. Che le vite stritolate dalla barbarie diventino definitivamente, per sempre, fumo disperso al vento. Che lo scorrere del tempo, la sufficienza delle persone, la crudeltà degli uomini e delle cose passi un colpo di spugna sulla verità, ne scriva un'altra e un'altra ne prepari, un'altra di cui ancora e di nuovo, come in un incubo, si rivedano le stesse scene, si riviva lo stesso orrore. Si senta, attorno e dentro, dolore e morte, orrore e violenza. Indifferenza.

Quell'uomo si chiama Piero Terracina. Da anni respinge e combatte questa paura proprio con il racconto di quello che ha significato essere ebrei durante il fascismo e il nazismo. Racconta la storia del rastrellamento del Ghetto di Roma, la deportazione nei campi di sterminio. Parla di Auschwitz, e ad Auschwitz torna spesso, accompagnando i ragazzi delle scuole di Roma nel progetto sulla memoria con il quale il Comune di Roma vuole mantenere viva la memoria di quello che è stato, affinché quello che è stato non si disperda al vento di un presente distratto e superficiale, al tentativo di negare o minimiz-

zare un progetto di sterminio che ha lasciato una ferita enorme nella storia degli uomini.

In ogni occasione in cui è possibile farlo, Piero allarga il suo tappeto di ricordi, e li fa vivere. Guarda attraverso i suoi occhiali spessi davanti a sé e spiega ad ognuno di noi come e cosa può generare l'aberrazione dell'uomo.

Erika lo ha ascoltato. Come lei stessa dice, è stata a sentire le parole dure di un uomo che tuttavia, spesso, è riuscito a farla ridere. È riuscito a unire la pesantezza di un racconto di orrore alla leggerezza della passione, alla forza della dignità. Alla chiarezza, ferma e decisa della necessità di tenere vivo il ricordo.

Ne è nato questo libro. Un libro che è, lo scrivo senza tema di retorica, un piccolo scrigno, un oggetto prezioso che racchiude una ricchezza. Che chiude, grazie alle parole, il cerchio del raccontare e, allo stesso tempo, partendo dalla scrittura di Erika, si allarga a tutti noi, ai lettori che entrando tra queste pagine troveranno l'atroce verità di quello che l'uomo può fare all'uomo. Vi troveranno materia per conoscere, per riflettere, e quindi non potersi rifugiare nel comodo nascondiglio dell'ignoranza e dell'indifferenza.

Walter Veltroni

I

Mi è sempre piaciuto il modo in cui il mondo scorre fuori dal finestrino del treno. Il mischiarsi dei colori, il fondersi delle forme che danno vita a una massa indistinta di righe colorate. Come se la materia non fosse che un unico blocco, e solo la velocità potesse poi dividerla nelle varie cose che ci circondano assegnando a ognuna un preciso colore.

Roma profumava di primavera. Il Tevere splendeva sotto i raggi del sole e nessuno si sarebbe meravigliato se qualcuno avesse teso una mano e preso il cielo, un velo azzurro solcato da nuvole leggere, per farsene una sciarpa. Era così bello.

Piero aveva insistito perché andassi a pranzo da lui e come al solito non ero riuscita a dire di no.

In fondo non mi dispiaceva saltare la lezione di geografia: il caos della Sapienza mi rende sempre nervosa.

Era una giornata speciale, avevo nella borsa un tesoro segreto che dopo tanto mi ero decisa a portare. Avevo perso un'ora per avvolgerlo nella carta colorata dei regali di Natale fino a fare un pacchetto perfetto, ma poco prima di uscire avevo pensato che non era il caso di far vivere a Piero il momento dell'attesa. No, non era proprio il caso, perché il regalo era il ritratto di Anna, la sorella morta forse a Bergen-Belsen.

Non aveva bisogno di carta, quel volto sorridente che gli somiglia con la delicatezza delle piccole linee che i fratelli hanno in comune.

Lo spiavo aprendo un poco la borsa, su quel tram arancione, pensando che non avrei avuto il coraggio di darglielo.

Volevo fuggire il momento in cui i suoi occhi si sarebbero posati sui tratti decisi della mia matita, l'attimo in cui l'avrebbe riconosciuta e le lacrime avrebbero iniziato a scendere.

Non volevo che una cosa fatta da me lo riportasse tra le braccia del dolore.

«Chi è?»

«Piero, sono io.»

«Vieni, ti apro.»

Salendo le scale decido di aspettare almeno il momento del caffè, di dargli il ritratto dopo pranzo.

Lui è lì, davanti alla porta, a braccia aperte. Mi

aspetta e sorride, gli leggo negli occhi che è contento di vedermi. Ci abbracciamo.

La tavola è già apparecchiata, chissà da quanto è al lavoro perché tutto sia perfetto.

Mi siedo mentre lui corre ancora a prendere il pane, o il sale, o altre piccole cose che sembrano non finire mai.

Iniziamo a mangiare, uno di fronte all'altra, sorridenti.

«Mmm, buonissimo!» gli dico, assaporando il primo pezzo di pollo.

Piero è contento, mi risponde con gli occhi. Parliamo di università, di cucina, dei suoi impegni e dei miei.

Si alza un istante, torna con un libretto impolverato tra le mani e me lo mostra con fierezza.

«Melanzane alla Henriette» leggo ad alta voce. «Sbucciare le melanzane e tagliarle in senso longitudinale in quattro parti, salarle e metterle sotto peso per un paio d'ore.»

«Ah, le melanzane, sì, sono buone!» dice Piero fermandomi.

«Lavarle dopo averle strizzate e friggerle. Preparare una salsa di pomodoro (far bollire il pomodoro con sedano, prezzemolo, cipolla e radica gialla e passare), farla bollire con olio e sale e avvoltolarci –

che verbo meraviglioso! – le melanzane. Aggiungere acqua, lasciar cuocere piano piano e alla fine, quando il sugo è tirato, aggiungere il parmigiano. Servire caldo o freddo.»

Sono le ricette che zia Enrichetta gli ha lasciato, scritte a macchina, con tutti i particolari necessari per chi in cucina non è un granché.

«Era una cuoca sensazionale» mi dice. «Pensa che poco prima di morire, per il mio compleanno, ha preparato una cena per trentacinque persone, tutto da sola!»

Indica una foto appoggiata al mobile dietro di noi.

Enrichetta sorride alzando il calice per un brindisi. Ha il viso simpatico, da nonna premurosa.

Gli chiedo di parlarmi di lei, di com'era, e Piero abbassa subito lo sguardo, come fa sempre quando si nomina qualcuno della famiglia che non c'è più.

«Quando sono tornato a Roma non avevo nessuno, neanche la casa dove abitavamo. Zia Enrichetta viveva con la sua famiglia, il marito e i suoi due figli. Mi accolse in casa ma, per non creare troppi disagi, volli tornare, almeno a dormire, nell'alloggio che condividevo con gli sfollati. Ma avevo trovato una famiglia: mangiavo in casa degli zii e passavo da loro tutto il tempo che potevo. Poi, nel 1949, mio zio morì e zia Enrichetta mi propose di andare a vivere con lei e i miei cugini. Il mio ritorno alla vita normale è iniziato lì.»

«E ti hanno chiesto di Auschwitz?»

«Sapevano che non era facile per me parlare. Lo capivano, e aspettavano che fossi io a dire qualcosa. Ma io non parlavo mai del lager, non ci riuscivo. Poi, negli anni Settanta, in televisione hanno iniziato a far vedere delle immagini, noi le guardavamo insieme, dopo cena, e in quelle occasioni ho raccontato un po', spiegavo che era proprio così o che in quella scena avevano sbagliato questo o quello.»

«Era la tua famiglia, insomma» gli dico io, perché mi accorgo che devo dire assolutamente qualcosa, non lasciare spazio al silenzio.

«I parenti degli altri deportati cominciarono a venire subito, volevano notizie dei loro genitori, figli, fratelli, mogli e mariti. Raccontavo loro l'ultima volta che li avevo visti nel lager. Era difficile. Mi chiedevano sempre come avevo fatto a salvarmi.»

Ci sono attimi in cui il silenzio pesa come un macigno.

«E io che dovevo rispondere? Che ne so, perché mi sono salvato. E loro mi guardavano come per dirmi "Se morivano tutti, se venivano seviziati, tu cosa hai fatto per uscirne vivo?" Non si può sopportare tutto questo dolore.»

Mi dice tutto di corsa, gli occhi un po' lucidi dietro gli occhiali.

Penso che devo dargli ora il ritratto di Anna. Adesso o mai più.

Mi faccio coraggio. «Ho portato una cosa per te che ho fatto tempo fa. Non sapevo se dartelo o no, spero sia venuto bene.» Prendo il quadretto dalla borsa e glielo mostro. Nessuna carta di Natale, alla fine l'ho portato così com'è.

Piero lo guarda. «Anna» dice. «Com'era bella. Era proprio così, sembra lei. È bellissimo.» Lo posa sul tavolo, e mi abbraccia forte.

«Grazie.» Io non dico niente, lo abbraccio e basta. Il silenzio contiene alla perfezione tutte le mie parole.

II

Sono settantasette anni che è al mondo. Settantasette anni che vive - dorme - si alza - cammina - sorride - piange - mangia - pensa.

Fino a che tutto non finirà, in qualche modo. «Siamo eterni, in un certo senso» mi ha detto una volta, «una parte di noi la trasmettiamo attraverso le generazioni. Anche questa è immortalità. Non per me. Vivrò fino a quando qualcuno si ricorderà. Non mi dispiace di non esserci alla fine del mondo. Pensa che confusione!»

Se chiudo gli occhi lo vedo seduto sulla poltrona di casa mia, occhiali spessi e vestito scuro, lo fa sembrare più magro, dice. Sulla camicia brilla la cravatta grigia puntellata di margheritine bianche che gli ho regalato qualche anno fa.

Il cellulare nel taschino e le mail che ha stampato per farmi leggere i complimenti dei ragazzi o gli inviti delle scuole.

Riesce sempre a farmi ridere, anche al telefono.

C'è un numero tatuato sul suo braccio sinistro. Glielo hanno tatuato degli uomini, lontano da qui. Nessuno gli ha chiesto il permesso, nessuno gli ha chiesto scusa per aver preso la sua vita e averla restituita accartocciata.

A quindici anni Piero è stato ad Auschwitz-Birkenau. Per un anno le luci si sono spente, lo spettacolo si è fermato. Nessuno gli ha dato una spiegazione.

In apparenza è un uomo forte, ma nasconde il tentativo di schiacciare i ricordi sotto il peso del dolore, di sotterrarli dentro di sé.

Di tornare alla vita che aveva lasciato a metà, interrotta, senza poter riprendere da quel punto.

Le lacrime scorrono lievi quando racconta la sua storia nelle scuole, ai ragazzini che lo guardano seri e commossi. Non sanno quanto tempo c'è voluto prima che riuscisse a raccontare tutto. Anni.

Il male muta sembianze ma la sua essenza rimane la stessa e forse non esiste un modo per dissolverla. Piero racconta che faccia ha, con la speranza che incontrandolo lo si possa riconoscere dai tratti che lui descrive piangendo.

«Quando Dio mi chiederà cosa ho fatto in vita, Gli risponderò: ho ricordato» mi ha detto una volta.

Un buono che spera che l'uomo di oggi sia diverso da quello di ieri.

Certo, sa di essere altro dall'immagine che dà di sé.

Discreto, essenziale, sempre consapevole della propria esistenza. No, non riconoscente, consapevole.

Sa di essere al mondo, di respirare, e non ne è felice né rammaricato.

Si è ritrovato al mondo, e vive.

La paura di perderlo è tanta. Mi ritrovo a pensarci senza volerlo, per qualche istante.

Sarà un vuoto presente e doloroso.

Gli ho scritto una volta che cammineremo sempre vicini, lo abbiamo fatto anche prima di conoscerci e lo faremo dopo, quando saremo divisi.

«Due linee parallele!» ha detto lui.

Non ha paura della morte, Piero; come potrebbe? Ne parla con lo sguardo fiero e immobile di chi la conosce anche troppo bene.

Da quando ha imparato a mandare i messaggini con il cellulare ne parliamo anche così; mi scrive: "Io arriverò prima. Chissà che non riesca a mandarti qualche sms."

Sento la sua amarezza ogni volta che parliamo della vita, che è una sola e non torna. Ma è sempre lui a ricordarlo a me. Mi ripete che devo esserne felice, che devo scegliere, prendermi il meglio.

Ha voglia di vivere, Piero.

Gli anni lo hanno stancato, ma lui vuole resistere ancora e arrivare fino in fondo, prendere il tempo che gli spetta fino all'ultima goccia, senza che nulla rimanga in sospeso.

È forte, i ragazzi se ne accorgono quando lo vedono raccontare con fierezza, con rabbia, anche un pizzico di aggressività, ma giusto un pizzico.

Poi si concede di piangere.

La maschera cala davanti al nome di sua madre, agli occhi della sorella che lo guardano dal ritratto sulla parete.

E chissà cosa penserebbe Anna, nel vederlo così. Nel sentirlo raccontare con le lacrime agli occhi com'è stato difficile tornare alla vita normale, fingersi felice, guarito.

Se sua madre avesse saputo che uno dei suoi figli ne sarebbe uscito vivo. Che il suo Pieruccio avrebbe rivisto Roma, sarebbe tornato ad amare, a sorridere.

«Mamma» mi dice con una bella fotografia in bianco e nero tra le dita. Lo dice come ogni figlio pronuncia la parola "mamma", come un bambino che non la abbraccia da troppo tempo.

Davanti a lei torna sempre bambino.

Non so mai dove guardare, quando ne parla. Troppe lacrime. Poi si alza, va in cucina, prende un fazzoletto e torna, cercando di sorridere.

Allora poggio la fotografia sul tavolo, chiudo il capitolo.

Lei rimane nell'aria e noi fingiamo di non notarla, di essere passati ad altro.

«Ti ho detto della riunione?» mi dice lui, aggrappandosi alla routine con tutto se stesso; io mi fingo interessatissima, chiedo ogni particolare degli impegni futuri. Piero si riscalda, mi elenca date, nomi, decisioni da prendere.

E ci perdiamo così, comunque vigili alle emozioni dell'altro e riconoscenti per aver capito, per aver messo a tacere il dolore, almeno in apparenza.

Il sole entra dalla finestra sul fondo del salone, batte sul vetro dei quadri e riempie la casa fino al soffitto. Corro verso il piccolo ulivo sul balcone, "l'ulivo delle colline di Gerusalemme", me l'ha detto tante volte. Ma si dimentica sempre, e me lo ripete ancora. Sorrido, fingo di non saperlo, lo guardo stupita. «Di Gerusalemme!»

Anche l'ulivo è fuori posto, penso toccando due fogliolíne piccolissime.

Lontano dalla sua terra, strappato, ma abbastanza forte da poter ricominciare, da riuscire a mettere radici solide per affrontare gli anni che verranno, la pioggia, il sole.

Non mi sembra poi tanto diverso dal suo piccolo ulivo, Piero.

Come lui solo, ma forte, vivo.

E quando parliamo dei suoi impegni davanti a un bicchiere di succo d'ananas che tiene tra le mani grandi e salde, e lo guardo per un istante senza ascoltarlo, mi sembra quasi che possa essere felice.

E poi cosa sarà mai la felicità? Un bicchiere di succo d'ananas mentre si parla, in salotto.

III

Quando l'ho visto per la prima volta era in piedi vicino alla porta dell'aula dove avrebbe parlato. Sono entrata con i miei compagni e l'ho fissato a lungo.

La mia scuola aveva organizzato l'incontro con un sopravvissuto ad Auschwitz.

Non ero sicura che fosse lui la persona che stavamo aspettando. L'uomo vicino alla porta sorrise e mi parve un sorriso così pieno che fui certa che no, non poteva essere lui.

Avevo l'idea che un sopravvissuto a un lager non riuscisse più a ridere, neanche a sorridere.

L'uomo iniziò a raccontare con voce calma e profonda. Io lo guardavo dal fondo dell'aula e cercavo di non perdere nessun particolare, di cogliere ogni singola parola.

Piansi in silenzio.

La mia mano si alzò come se avesse una sua vita autonoma. Le domande erano tante, ma ne uscì una soltanto. Piero mi disse di avvicinarmi.

Da quel giorno, in un certo senso, sono rimasta accanto a lui.

Ho ereditato la tristezza da mia madre. Questo essere greve e fragile, sempre esposta, vicina al limite della sensibilità estrema, quasi eccessiva. Il bisogno di appartenere a qualcuno, di non essere soltanto in balia di me stessa.

Tutte e due sappiamo piangere benissimo.

Mio padre mi ha reso testarda, incapace di riconoscere i miei errori. Vivo in bilico tra le due parti di me, sospesa sulle mie paure e le mie gioie. Temo la solitudine, perché tendo alla solitudine.

Si ha sempre paura di ciò a cui si tende.

So di essere complicata, spesso inaccessibile, e mi basta niente per essere felice.

Ho conosciuto Piero quando avevo tredici anni e pensavo che nella vita avrei fatto l'arredatrice. Mi piaceva giocare con i colori.

Qualcosa quel giorno mi ha legata a lui, quando l'ho visto piangere. Io che sapevo piangere.

Cerco sempre di capire qual è il peso delle persone che mi sono vicine, di capire la loro importanza.

Lui non mi è stato dato dal destino, se così vogliamo pensarla, perché non siamo legati da parentela. Non l'ho trovato lì, nella mia vita, ma sono stata io a cercarlo, ci siamo adottati.

Oggi gli uomini sono tutti sulla difensiva e hanno mille paure, mille timori nei confronti degli altri. L'unico punto fermo nelle loro vite è la famiglia, l'insieme di persone che hanno il loro stesso sangue, e il sangue, dicono, non tradisce.

La mia famiglia è piccola, e forse per questo è arrivato lui, per allargarla. Lui che la sua l'aveva persa.

Quando traccio sul foglio tante linee che curvano e poi si intrecciano, per dividersi e infine incontrarsi e intrecciarsi ancora, penso che le nostre vite, viste dal cielo, devono apparire così. Siamo noi a creare il disegno, e ci allontaniamo, ci intrecciamo per poi unirci o allontanarci di nuovo, finché il foglio non sarà pieno. E poi non so cosa succederà.

Questo essere umano come me mi insegna cos'è vivere, perché io sono nata e cresciuta avvolta in una coperta calda e la vita non è questa. In ogni suo gesto c'è un inno alla vita, alla gioia, e mi arriva più forte che mai anche solo a guardarlo, perché è un inno che si alza sul dolore e sulla morte.

Come può la morte essere un inno alla vita? Così come Piero riesce ancora a ridere.

I miei ricordi con lui si rincorrono come bambini su un prato.

Una mattina eravamo insieme a una manifestazione a Roma. Un'orchestra suonava musica *klezmer*. L'inverno era arrivato, Piero aveva un lungo cappotto nero e un cappello dello stesso colore e sembrava uscito da un quadro di Chagall.

Ascoltammo la musica vicini mentre io tremavo per il freddo. Lui se ne accorse e ricordo che mi prese da parte per dirmi di battere le mani una sull'altra, in un modo particolare che usava nel lager durante l'appello.

Ho capito in quell'istante che era su un altro sentiero, che il vento gelato e la gente ferma su una piazza erano troppo simili a qualcos'altro, e che ogni cosa in realtà ne nasconde un'altra evidente solo a lui, a lui soltanto.

IV

Quella mattina mi alzai all'alba per essere alle nove a casa di Piero. Era una delle prime volte che andavo da lui e non sapevo ancora arrivarci da sola; mi avrebbe aspettata alla stazione.

La mia testa era piena di domande. Non sapevo da dove iniziare, mi sentivo vagamente in colpa per dover riempire una mattinata di ricordi dolorosi.

Mi aspettava davanti alla sua auto, stretto nel lungo cappotto di lana nera che gli dava un'aria seria, quasi severa.

«Ciao!» mi disse da lontano. Risposi con un cenno della mano.

«Allora, sei pronta?»

«Sì. E tu, sei pronto?» Avevo smesso di dargli del lei durante il primo anno della nostra amicizia epistolare.

«Sono sempre pronto. Andiamo.»

Il vago disordine di casa sua mi fece subito sentire a mio agio. Amo il disordine come si ama un fratello.

Mi fece sedere in un salone luminoso, pieno di libri sugli scaffali, sul tavolo, ovunque.

Poi si sedette davanti a me, in attesa.

«Allora» dissi, «cominciamo. Raccontami di quando eri piccolo, di casa tua.»

Piero si mise comodo. Accanto a noi, due bicchieri pieni d'acqua.

«Abitavo a Monteverde, in via Lorenzo Valla. Traslocammo due volte, prima di andare lì, ma quella casa era grande, ci piaceva. Io ero il più piccolo, sai come vanno queste cose, il più coccolato.»

Annuivo. Sono figlia unica, so come vanno queste cose.

«I miei fratelli giocavano spesso con me. Certo non sempre, erano più grandi e avevano altro da fare. Mi piaceva andare in bicicletta, giocare a pallone. C'erano delle palle di gomma che costavano due lire, si compravano dal cartolaio. Le ricordo ancora.»

«Quanti anni avevano i tuoi fratelli?»

«Tra noi la più grande era Anna. Era nata nel 1921. Leo nel '23, e Cesare nel '24. E poi io, nel '28, in una casa di Viale del Re.»

«E i tuoi genitori?»

«Papà si chiamava Giovanni, mamma Lidia. Si erano sposati nel 1913. Due genitori meravigliosi. Dopo cena ci riunivamo tutti intorno al tavolo e papà leggeva.»

«Cosa leggeva?»

«Qualsiasi cosa, il giornale, poesie. Trilussa e il Belli erano la sua passione. Era bravissimo nel declamare gli stornelli romaneschi. Oppure discutevamo di politica, di attualità. E poi c'era la radio. Il giovedì trasmettevano i concerti di musica classica Martini & Rossi, e li ascoltavamo in silenzio.»

Anche mio padre adora Trilussa. Mi ritagliai un istante, mentre lui parlava, colpita dalla difficoltà di parlare di persone assenti. Assenti per sempre. Guardavo quest'uomo seduto davanti a me che lottava con il dolore e cercava di non mostrarmelo. Pensai a mia nonna, al leggero, acuto malessere che ancora provo ogni volta che penso a lei da quando è morta.

Volevo chiedergli come si fa, a vivere con queste ferite, ma l'ho lasciato continuare.

Mi ha mostrato delle foto. In una sua madre tiene in braccio uno dei fratelli.

«Mia madre» mi ha detto dandomi la foto. «Ci voleva così bene.»

Fa una fatica enorme a parlare di sua madre. E

quando dice "mamma", lo sento, la parola ha un suono diverso, pieno di mille abbracci assenti.

Evitava di guardare troppo la foto, forse per non piangere di fronte a me. Si fermò un attimo, bevve un sorso d'acqua.

Riprese.

«Con noi abitavano i genitori di mio padre, nonno Leone e nonna Anna, che tutti chiamavano Nina. Stavo volentieri con nonno, perché aveva sempre qualcosa da raccontarmi. Quando mamma non aveva tempo andavo con lui al mercato, nei negozi. Sai, era molto saggio. Studiava in ebraico per ore e durante le feste ripeteva a memoria intere letture. Ad Auschwitz lo mandarono subito alle camere a gas. Nonna Nina morì qui a Roma, pochi giorni prima della deportazione.»

Spostai il discorso su Auschwitz, capii che me lo permetteva, e chiesi come avvenivano le selezioni nel lager. Disse che arrivò a Birkenau a maggio, nel periodo in cui arrivavano anche i trasporti dall'Ungheria, e che il posto per quelli in arrivo doveva essere lasciato da chi era già nel campo. Le selezioni erano fatte per quello.

«Le selezioni erano brevi o totali; ti spiego. Le SS entravano nelle baracche e chiudevano le porte, segnavano il numero di una cinquantina di prigionieri ogni volta, in genere, poi andavano via. Tornavano dopo un po' chiamando i numeri selezionati e portavano i prigionieri alle camere a gas. La selezione totale era la più difficile da superare; i block erano chiusi e solo una delle porte rimaneva aperta. I prigionieri dovevano uscire di corsa sfilando davanti a un gruppo di SS e al Dottor Morte, come chiamavamo Mengele. Cercavamo di correre per dimostrare un vigore che assolutamente non c'era, ma da quello sarebbe dipesa la nostra vita. Mengele, con il frustino in mano e l'aria quasi indifferente, indicava chi doveva andare a destra e chi a sinistra.»

«Quindi venivate divisi subito?»

«Sì, e in quei momenti ho visto delle scene di disperazione totale. Ma quelli che si disperavano, non erano mai gli uomini che andavano a morire. Passavano davanti a Mengele due fratelli, o padre e figlio, e chi si disperava era quello che continuava a vivere. Pensa, nella baracca eravamo quattrocentocinquanta, cinquecento persone, e in quei casi la metà, a volte anche di più, andava a morire.»

Penso con orrore alla consapevolezza di andare verso la morte. Piero ha superato sette selezioni, compresa quella dell'arrivo.

«Ma che lavoro facevi, a Birkenau?»

«Ho fatto lavori diversi. Ho scavato canali nel Koenisgraben Commando, lavoravamo nel fango. Lo dice Primo Levi nella sua poesia *Shemà*. Non è letteratura, non è poesia quella lì, quella è realtà. Quella è cronaca. Pensa che non davano l'acqua, faceva caldo, io sono arrivato a maggio. Si rischiava di morire disidratati. Allora quelli che erano arrivati prima di noi ci avevano insegnato un sistema: infilavamo una canna nella parete che stavamo scavando, mettevamo sotto una gamella e bevevamo la fanghiglia che scendeva a goccia a goccia. Poi la sera dovevamo portare a spalla i corpi dei nostri compagni che non ce l'avevano fatta. Ho lavorato per un po' in un campo enorme dove arrivavano tutti gli aerei abbattuti sulla Germania, tedeschi e alleati. Il nostro compito era dividere le varie parti che li componevano e poi caricarle sui treni, che le portavano via. Era un lavoro massacrante, tutto con la forza delle braccia. Dopo qualche tempo decisi che dovevo assolutamente sottrarmene, almeno per alcuni momenti, se non volevo morire. Cosa rischiavo? La vita? Quella l'avrei persa comunque. Mi nascondevo dietro masse enormi di lamiere e mi riposavo, per poi uscire e riprendere il lavoro. Ne parlai con Ida, una volta.»

Ida è un'amica importante, sopravvissuta ad

Auschwitz, dove lavorava al Kanada Commando con la sorella Stellina. Tornata in Italia, ha aperto una piccola fabbrica di cioccolatini che io e Piero adoriamo. Vive tra i cioccolatini alle violette e quelli al peperoncino, sempre aperta a un abbraccio.

Chiedo a Piero di raccontarmi.

«Le dissi che speravo che le SS o il kapò di quel gruppo di lavoro si fossero accorti di questo ragazzino che si nascondeva e mi avessero lasciato lì, che avessero voluto risparmiarmi. Ida si arrabbiò moltissimo. Mi disse che sbagliavo, che non poteva esserci umanità nella logica di Auschwitz. Rimase molto turbata, ripeteva che se la normalità era uccidere e seviziare, quel gesto poteva essere frutto solo di pazzia. Nessuna umanità, solo follia. Questo era il campo.»

Guardo la valigia pronta nell'angolo davanti al portone. Domani partirà per la Sicilia, tornerà stanco, pronto a parlare ancora.

Apriamo il quotidiano del giorno, mi legge una notizia frivola, tanto per cambiare discorso, e lasciamo che la giornata finisca così, tra parole che non pesano e sorrisi.

V

Sul tavolo, il piccolo album polveroso che profuma di buio di cassetto.

Mi siedo e lo prendo in mano, lo fisso un attimo prima di aprirlo. Tante piccole fotografie dai bordi irregolari, attaccate l'una vicino all'altra, alcune storte, altre solo appoggiate.

Mi sono sempre piaciute le foto in bianco e nero. Da bambina passavo pomeriggi interi a guardare quelle di mia nonna.

Piero stringe gli occhi per vedere meglio, ne avvicina una e me la mostra. Cesare e Leo su un campo da tennis. Mi racconta che la foto è del 1941, e agli ebrei era vietato affittare campi da tennis, ma il proprietario di quel campo permetteva loro di usarlo.

Le fotografie passano dalla sua mano grande alla mia. Cesare e Leo in bicicletta, al mare, a una festa, in salotto, su un prato. Sempre sorridenti, ben vestiti.

Poi una foto del padre Giovanni. Il volto serio di chi ha qualche pensiero, tratti da romano.

Guardo Piero: è più vecchio di suo padre nella foto. Mi sembra assurdo e torno all'album.

Tante foto di gruppo. Piero non conosce nemmeno tutti i presenti.

Volto le pagine lasciando correre lo sguardo: la madre che tiene in braccio il fratello Leo nudo, piccolissimo, e lo mostra fiera al fotografo; Anna con un'amica; Anna al mare in costume intero nero, come quello che tante volte ho visto a mia nonna nelle foto che tengo in camera.

Una bella famiglia, benestante, felice, numerosa.

L'impressione di sentire la voce rassicurante della serenità levarsi dalle fotografie sparse sul tavolo.

Piero mi mostrò i cugini, gli zii, gli amici, la casa dove abitava. Non c'erano molte fotografie in cui compariva lui. Avrebbe avuto tempo per farsi fotografare. Invece no.

Chiuse l'album e lo spinse lontano da noi. Mi accorsi che non aveva voglia di sorridere, ma si sforzava comunque di farlo. Si alzò, prese una scatola rossa dal mobile di fronte e la aprì.

Mi offrì un cioccolatino. Il sapore si sparse nella mia bocca e mi inebriò per un attimo. Piero era alla finestra.

Fissava i tetti delle case e la basilica di San Paolo che, illuminata dal sole, sembrava andare a fuoco.

Aveva lo sguardo lontano, oltre la finestra, oltre i tetti, oltre la basilica. Avrei voluto seguire quello sguardo fino al limite dell'orizzonte ma sapevo che neanche lì si sarebbe fermato, che non lo avrei mai raggiunto. Correva troppo veloce, sopra montagne di cadaveri e fiamme. Sopra chissà quale immagine.

Lo raggiunsi alla finestra con un altro cioccolatino in mano. Piero distolse lo sguardo e mi guardò con gli occhi umidi.

Combatteva l'amarezza con il cioccolato. La sua droga per non pensare.

Lo capii e gli porsi la scatola rossa, piena di tanti dolci scacciaricordi.

Passammo il resto della giornata a parlare della sua famiglia, dei momenti che ogni fotografia aveva il potere di rievocare.

Capii quanto era stata felice la sua vita, quanto affetto lo aveva circondato.

Gli chiesi del '38, di come aveva vissuto l'impatto con quell'atmosfera piena di ostilità. Piero mi guardò negli occhi un istante, prima di rispondere.

Disse che l'ostilità era già nell'aria, e le leggi razziali arrivarono togliendo la libertà a piccole dosi, senza troppo scalpore. «Certo, ero un bambino» mi disse, «ma lo sentii da subito. Una mattina andai a scuola come tutti gli altri giorni, tranquillo. La maestra a cui volevo bene e che mi voleva bene mi disse di non entrare. "Terracina, tu resti fuori." Chiesi perché. "Sei ebreo."»

Quello bastava. Era ebreo e i suoi compagni no, e gli ebrei non potevano più frequentare la scuola.

Calai lo sguardo sul tavolo. Piero continuò.

«Andai a piangere dalla bidella. Tentò di consolarmi, ma non servì a molto. A casa si aspettavano tutto.»

Lo interruppi. «Cosa ti ha ferito di più, aver lasciato la scuola o averlo dovuto fare perché eri ebreo?»

«Mi stavano facendo un torto e io lo sentivo. Mia madre ripeteva sempre che lo studio è importante, che per riuscire nella vita bisogna prima riuscire nello studio, e pensavo che non avrei più potuto frequentare la scuola, che mi stavano togliendo la possibilità di riuscire nella vita.»

Pensai alla mia infanzia, ai giochi e a quanto non mi era mai mancato.

Sarebbe potuto capitare anche a me. Se fossi nata sessant'anni prima, avrei potuto vivere la stessa cosa.

Sessant'anni dividevano il giorno in cui Piero fu cacciato dalla sua classe dai miei giochi felici, dalla mia infanzia serena.

Mi sentii quasi in colpa.

Capii in quel momento che lui mi donava quanto rimaneva della sua famiglia e che quello era l'unico luogo in cui poteva ancora incontrare sua madre e i suoi fratelli: il racconto.

Faticavo ad ascoltare ancora. Dissi qualcosa. Tentai di fuggire al malessere, temporeggiai.

Pensai che se lui se ne fosse accorto non avrebbe parlato mai più. Solo allora smisi di trattenere il respiro. Niente di ciò che avevo accolto dalle sue parole sarebbe uscito da me.

Il peso dei suoi ricordi mi riempiva la testa. Ebbi quasi l'impressione che in lui qualcosa si fosse alleggerito.

Mi strinse la mano e quel gesto mi parve così importante che non riuscii a trattenere le lacrime.

Il pianto unisce più di quanto si possa immaginare.

VI

Tre bambini che sorridono. La più grande tiene una borsetta in mano, dello stesso colore del cappottino di bella fattura. Il più piccolo è in piedi su una sedia di legno, da posa, che compare anche in certe vecchie fotografie della mia famiglia. Ha un cappotto fatto su misura, con i bottoncini e le tasche piccole piccole, come quello del fratello maggiore che è in piedi alla sua destra.

Stessi occhi scuri e grandi, stesse labbra ben disegnate.

«Che bella fotografia!» dico a Piero. Annuisce, non ha bisogno di rivederla.

Non mi serve chiedere perché lui non c'è: dall'età di Anna deduco che non era ancora nato. Mi guarda e sembra aver capito a cosa sto pensando.

«Io non c'ero ancora» mi dice sorridendo.

«Lo so, lo so!» rispondo, frugando tra le altre fotografie. Le guardo tutte più e più volte, ma non riesco a trovarne una in cui compaia anche lui bambino. Tengo il pensiero per me e guardo Leo e

Cesare, che invece compaiono quasi in ogni foto.

Provo a unire le linee dei loro volti per creare quelle del fratellino assente e dare un viso al bimbo mancante. Un bisogno della mia immaginazione che devo colmare subito.

In quel momento prende spazio la coscienza che il bambino Piero giocava spensierato mentre venivano emanate le leggi razziali. Forse per quello ci sono tante fotografie non scattate, mi dico.

Certo erano finiti i tempi in cui mamma e papà portavano i figli dal fotografo e poi soddisfatti mostravano ai parenti la tesserina in bianco e nero.

Certo. Qualche Piero adolescente appare, ma solo in due, tre immagini.

Niente di più stupido di una fotografia, eppure quanto pesa non aver avuto il tempo di scattarla, non averla lì tra le altre a completare l'album.

Sono tante, quelle che mancano a Piero. Tantissime.

Inizia a parlarmi di quando era bambino, dei giochi. Il volto si illumina nel sorriso: palloni di gomma, partite di tennis, passeggiate che avrebbe voluto continuare all'infinito.

Al solito, compaiono i demoni. Come si fa a cacciarli via? Tutti i racconti finiscono lì, proprio lì diventano più chiari. Più nitidi.

Quasi che il dolore avesse il potere di fermare il

tempo, di fissare nella memoria i particolari meglio che la gioia.

Mi racconta ancora una volta di quando la maestra lo cacciò dalla classe, ma non lo interrompo.

Ancora una volta voglio osservare la reazione di Piero, che per un attimo torna ad avere dieci anni e non trova le parole per rispondere. E fugge. E piange.

Il bambino che mi sta di fronte ne ha settantasette, di anni. Ma lo sguardo basso è lo stesso di quel giorno e non riesco a sostenerlo.

Sul tavolo appare una foto di gruppo con gente che sorride e Piero la prende, evitandomi il peso di dover dire qualcosa. Colgo la palla al balzo.

«Ci sei anche tu! Ma dove siete? Sembra un posto di mare!»

Si rende conto della scorciatoia appena aperta e si lascia andare.

«Fammi vedere... Ah, sì! Fregene.» Lo sguardo indugia sui volti. Lo lascio pensare e ricordare.

Continua. «Andavamo sempre in bicicletta di domenica. Guarda quanti amici con noi!» Avvicina la fotografia agli occhi per vedere meglio. Guarda un volto dopo l'altro, sorride appena.

«Cesare, Leo, Anna, ah! Anche Silvana! Te la ricordi? La signora della libreria al ghetto!»

Certo che la ricordo. Ogni volta che ci andiamo

si avverte un affetto a pelle, tra di loro. Affetto di vecchi amici.

Sono curiosa di vederla da giovane e allungo la mano per prendere la foto. È bella e sorridente come Anna.

«Piero, perché Fregene?» chiedo io, per fargli continuare il racconto.

«Per andare al mare. A noi era vietato, ma non lì. Fregene era di proprietà della Banca d'Italia, pagavamo l'ingresso al paese e potevamo restare tutto il giorno.»

Non ne sapevo niente. Poi il racconto dei cugini cacciati dalla spiaggia da un gruppo di ragazzi fascisti. Niente fotografie, da quel momento.

Vorrei quasi prendere una macchina fotografica e scattarle io, quelle foto rubate. Portarlo in ogni posto che è presente nella sua memoria, ma manca al suo album, e scattare urlando: "Sorridi!"

Sorridi sempre, Piero, non sopporterei di vederti triste. Sì, dico proprio a te, voglio parlare con te, anche se sei lontano. Sono seduta su un prato e parlo con te. Parlo di noi.

Che bello sentire questo legame forte che va oltre il tempo e oltre il dolore, supera i tuoi silenzi e va a riempire vuoti che sono tuoi ma anche miei.

Se ti vedesse tua madre, Piero, sarebbe fiera di

te. Della persona che sei. Ma questo lo sai anche tu.

Chi sono io? Non lo so. Una piccola gioia, un lieve conforto.

Quando ti ho detto che se avrò un figlio si chiamerà come te, mi hai risposto "Sei sempre la mia gioia" e tante volte ho letto le tue parole come fossero il mio senso.

E va bene così, Piero, non servono tante spiegazioni. Lasciamo che gli altri osservino da fuori il nostro mondo di cioccolatini e libri, di mucche volanti e campi di sterminio senza capirlo del tutto.

Io ho la certezza che ci sei, e questo mi basta. Ho la certezza che saranno in pochi ad avere il peso che hai tu nella mia vita.

Tutto continua e tutto cambia, come dici tu. E ogni volta che ti penso voglio richiamare alla mente quel giorno in tram, prima della mostra di Modigliani, quando hai incontrato il barista che non vedevi da quarant'anni. Ti parlava dei suoi problemi, dell'amarezza, ti disse che era stanco di vivere. Tu avevi un sorriso smagliante e gli hai detto che la vita dà tante gioie, che tu ne sei felice ogni giorno. Mi hai guardato e ti ho sorriso anche io, eroe delle mie giornate.

Eroe che dai speranza ai baristi depressi, sui tram, con gli occhi che brillano di gioia e un numero tatuato sul braccio.

VII

Entro nella mia camera, decisa a sistemare una volta per tutte la mensola piena di libri e quaderni che incombono sopra la scrivania.

Ne vedo qualcuno in bilico, pronto a lanciarsi nel vuoto, attratto dal fascino della vertigine, obbediente alla forza di gravità.

Poi la vedo.

La cartellina rossa gonfia di lettere fino a scoppiare che tentavo di appiattire sotto i vocabolari di greco e latino.

La sfilo dalla pila di libri, attenta a non far cadere qualche altra cosa.

Mi siedo per terra e la apro sulle gambe, ansiosa di ritrovare le buste bianche delle sue belle lettere.

Due anni della nostra amicizia messi su carta dalla sua grafia gonfia e disordinata.

Mi basta un attimo per ricordarmi com'è dolce il suo tratto pesante.

Le spargo sul pavimento e cerco la prima, quella che ha dato inizio a tutto, che ho aspettato dal momento in cui ho spedito la mia. Mi ricordo come fosse ieri quando l'ho vista sbucare dalla cassetta della posta e sono corsa in casa, emozionata.

Finalmente la trovo, mi allungo e la leggo ancora, eccitata come se l'avessi tra le mani per la prima volta.

Roma, 31 agosto 2000

Cara Erika,
tu non immagini quanto mi ha fatto piacere ricevere la tua lettera. Sapere che ci sono giovani, anzi giovanissimi, quale tu sei, che tengono accesa la fiamma della memoria dei fatti più atroci che hanno segnato la storia dell'ultimo secolo mi conforta e dà un senso a quello che, insieme ai pochi superstiti, cerco di fare.
Vedi, noi testimoni siamo ormai vicini al traguardo della vita, siamo tornati in pochi dall'inferno e siamo sempre meno; ci guardiamo intorno e ogni tanto qualcuno non risponde più all'appello. Quello che stiamo facendo con tanta fatica, avvicinare più gente possibile, testimoniare e far conoscere quello che è stato, è diventata una corsa contro il

tempo. Abbiamo quindi bisogno di nuovi testimoni che non possono essere altri che coloro che hanno letto, si sono documentati, hanno ascoltato le testimonianze di chi ha vissuto quei tragici eventi, li hanno fatti propri e li raccontano agli altri come se essi stessi li avessero vissuti.
Così si tramanda la memoria ed è importante perché se non si conosce il passato questo può tornare. Se pure non contro gli ebrei, ma contro altre minoranze, il morbo di Auschwitz che ha contaminato gli uomini, come diceva Primo Levi, ogni tanto si ripresenta.
Fai bene ad insistere con gli altri ragazzi che non vogliono sapere; inconsapevolmente essi creano le condizioni perché il passato ritorni. Non ricordo chi lo ha scritto ma la frase mi è rimasta impressa e la cito a memoria: "Per commettere i crimini più atroci non occorrono grandi personalità assassine, basta un popolo che sta dietro la finestra, che guarda e non vede."
È un po' quello che accadde in Italia nel '38 con l'emanazione delle leggi razziali. Tutti sapevano, ma la cosa riguardava gli altri e, in quel momento, gli altri eravamo noi ebrei. Fu allora, fu nel '38 che iniziò la discesa nell'abisso di Auschwitz. Giorno dopo giorno, oggi una legge, domani un'al-

tra, ci avvicinavamo sempre più alle camere a gas e ai forni di Auschwitz.
Tutti gli altri argomenti sui quali mi chiedi il mio pensiero sono molto complessi e richiedono da parte mia una riflessione. Tornerò su questi argomenti. Mi chiedi se ho scritto qualche libro. No, non l'ho fatto perché ritengo che la grandissima parte degli autori che hanno affrontato l'argomento l'abbia fatto molto meglio di quanto avrei potuto fare io.
A presto allora; intanto ti ringrazio e ti abbraccio forte,

Piero

Auschwitz è lontana, eppure segna in un certo senso anche la mia vita.

Quando conobbi la realtà dello sterminio, mi sembrò assurdo che si fosse arrivati a tanto.

Avevo undici anni, ma non dubitai mai che fosse vero. Negli anni che seguirono non riuscii a separare i miei pensieri dalla Shoah. Nessun libro aveva le risposte che cercavo, niente mi bastava.

Poi è arrivato Piero, e ha dato una sembianza al dolore che vedevo e leggevo.

Mi ha resa capace di superare l'ossessione e

tornare a guardare la realtà in modo diverso.

Il bambino che a quindici anni ha visto l'orrore mi ha aiutata a vivere senza il peso dell'incomprensione.

Roma, 2 settembre 2000

Cara Erika,
allora, eccomi di nuovo da te dopo quel momento di riflessione che ti avevo chiesto. Perché dici che ti sembra di aver avuto troppo dalla vita?
Tu devi vivere la tua vita e vivere tutte le gioie che ti può offrire e alle quali hai pienamente diritto. Non guardare che non è stato così per tutti e non lo sarà mai. L'essenziale è avere la coscienza a posto, guardarsi intorno e offrire la propria solidarietà a chi è in difficoltà.
Non puoi e non devi farti carico dei mali del mondo. È difficile parlare di Auschwitz, che non faceva parte di questo mondo. È vero, era difficile pensare al futuro, si viveva momento per momento.
La domanda che ci si poneva al mattino era: ce la farò ad arrivare a sera?
Si andava avanti senza pensare al futuro, che non c'era. Oltre al futuro ci avevano rubato anche il

nostro passato e il nostro nome, che era stato sostituito da un numero. Anche il ricordo dei nostri cari era affievolito dalla lotta per sopravvivere.
E ora cerco di rispondere alla tua riflessione, la più difficile a cui rispondere: si può ancora credere in Dio dopo Auschwitz?
Io sono credente, vuoi per l'educazione ricevuta, vuoi per l'ambiente in cui sono cresciuto, vuoi per convincimento personale che matura inconsapevolmente.
Qualcuno ha detto: "Per un credente se si perde Dio il mondo diventa vuoto, disperato, privo di valori e speranze." Proprio il mondo di Auschwitz, dove Dio non c'era.
Ma lì Dio non c'era perché non c'era l'uomo. Non erano certamente uomini gli aguzzini, ma non erano uomini neppure le vittime, che ridotte a puro e solo stato di bisogno avevano perso l'essenza, la dignità di esseri umani.
Certo, me ne rendo conto, la mia risposta non può essere esaustiva.
Potrebbe forse rispondere un teologo o un filosofo, e io non sono né l'uno né l'altro. Mi farà piacere conoscere le tue riflessioni su questo argomento.
Scrivimi ancora, cercherò di risponderti sempre nel più breve tempo possibile anche se il tempo che

ho a disposizione non è molto, anche perché io ancora lavoro... nel tempo libero.
Ciao, Erika, ti abbraccio,

Piero

"Soltanto in apparenza sopravvivono i sopravvissuti." Parlai a Piero del suicidio di Primo Levi, che aveva conosciuto fin dai tempi della prigionia.
Ne abbiamo parlato tante volte, in questi anni.
Ne abbiamo parlato qualche mese fa, quando anche Davide Di Veroli ha scelto di andarsene così.

Roma, 23 settembre 2000

Cara Erika, scusami tanto se non ho risposto prima alla tua lettera.
Il fatto è che finite le vacanze ho ripreso il mio lavoro, che in questo momento mi prende tutto il tempo disponibile. Inoltre ho da svolgere alcuni incarichi extra lavoro che mi prendono altro tempo.
E allora il tempo passa e neppure te ne accorgi.
Poi arriva la tua lettera e mi chiedi: ma ti sei dimenticato di me? Ma come potrei? Per me leggere le tue lettere è sempre un piacere, gli argomenti

che proponi, le tue riflessioni sono senza dubbio di una persona matura ma tu hai soltanto quattordici anni. Nella tua lettera mi dici, e te ne duoli, del comportamento di alcuni giovani, delle scritte sui muri, del rinascere delle ideologie di morte.
C'è di che preoccuparsi perché potrebbe trattarsi di un nuovo mostro che sta nascendo. Ma io sono ancora fiducioso poiché andando a parlare delle scuole mi rendo conto che spesso agiscono in quel modo perché sono male educati e non sanno. Noto spesso, quando racconto la mia esperienza, una grande attenzione, molta emozione e anche commozione.
Ho ricevuto anche alcune lettere di ragazzi che mi dicono: ho sbagliato ma io non sapevo, e mi ringraziano.
È vero quello che tu dici: molti ex deportati si sono tolti la vita e alcuni di essi li ho conosciuti, anzi, eravamo amici, per quella sorta di fratellanza nata dal fatto che insieme avevamo vissuto una terribile esperienza.
Perché lo hanno fatto? E chi lo sa? In apparenza erano persone normali, anche felici. Ma chi è uscito da un campo di sterminio non potrà mai essere normale, può fingere di essere normale ma porterà sempre con sé la sua anormalità.

Scusami ancora per il ritardo, scrivimi quando vuoi, spero di incontrarti, magari ci prenderemo un bel gelato insieme ai tuoi genitori.
Ciao, a presto. Ti abbraccio.

Piero

Gli anni in cui le nostre lettere si rincorrevano una dopo l'altra mi hanno permesso di conoscere meglio i particolari della sua storia, prima di arrivare alle domande occhi negli occhi, senza più timore né vergogna.

Mi è dispiaciuto iniziare a usare il telefono, l'idea che fosse un filo a unirci. Adesso che le vedo tutte insieme, le lettere, per l'ennesima volta, così piene di parole, mi vien voglia di tornare a quella carta e quella penna.

Perché no?

Roma, 2 ottobre 2000

Cara Erika, rispondo parzialmente alle tue domande.
La prima: come ho vissuto le persecuzioni razziali. A parte il giorno in cui fui cacciato dalla scuola

pubblica che frequentavo, a metà novembre del 1938 (avevo dieci anni allora, quando sentii tutto il peso dell'ingiustizia dell'offesa che stavo subendo), tutte le difficoltà a me, il più giovane della famiglia, non venivano fatte arrivare, ma poi, andando avanti con l'età, piano piano mi rendevo conto di tutte le angherie a cui eravamo sottoposti.
Non posso rispondere alla seconda domanda sull'esperienza vissuta ad Auschwitz perché per farlo dovrei scrivere un libro.
*Hai letto i libri di Edith Bruch, di Liana Millu (*Il fumo di Birkenau *lo ha scritto nel 1946, appena tornata dal lager), di Primo Levi, e da questi ti sarai fatta un'idea di cos'era Auschwitz.*
Posso solo assicurarti che a me non è stato fatto alcuno sconto.
La terza domanda: se ho incontrato una SS più umana delle altre: no, non ne ho incontrate.
Un giovane che mi sembrava più umano, quando il 6 ottobre 1944 scoppiò una rivolta nel Sonderkommando (i prigionieri che lavoravano nelle camere a gas, a tirare fuori i morti, e al crematorio n° 3), entrò nel campo in bicicletta. Sul manubrio aveva montato un mitra e quando vedeva un gruppo di prigionieri che, suonato l'allarme come da istruzioni, correvano per rinchiudersi nelle

proprie baracche, voltava il manubrio e sparava. Era stato educato a uccidere e quello faceva. Quello che sembrava un essere umano era un feroce assassino come tutti gli altri. D'altra parte chi si arruolava nelle SS sapeva qual era il suo compito.

Spero di avere esaudito le tue interessanti richieste.

Certo è che per ciascun argomento ci sarebbe da parlare per ore.

Ciao, Erika, ti saluto con un forte abbraccio,

Piero

L'affetto cresceva di volta in volta, me ne accorgo adesso che rileggo le lettere a distanza di anni. Chiudo nella busta quella che ho in mano e ne prendo un'altra, a caso.

Roma, 8 marzo 2001

Cara Erika,
allora, cominciamo a eliminare quel Sig. prima del mio nome nelle lettere che mi scrivi, perché mi sembra anacronistico.

Una persona alla quale si vuole bene e che te ne vuole non si può chiamare Sig. Chiaro?
Allora, vediamo. Cominciamo con il Giorno della Memoria. Finalmente è arrivato, in ritardo rispetto ad altri Paesi europei, ma è importante che la legge sia stata promulgata. Quest'anno è stato un fervore di iniziative che fa ben sperare per il futuro. Tutti vorrebbero la presenza di un testimone ma il fatto è che per ragioni anagrafiche o di salute siamo rimasti in pochi a poter portare le nostre testimonianze.
*Avremmo voluto che il Parlamento avesse votato all'unanimità, ma non è stato possibile. Lo avremmo voluto perché quando il Parlamento italiano nel 1938 votò le leggi razziali (a scrutinio segreto) erano presenti in aula 311 deputati e furono 311 sì, e alla fine della votazione, come dicono le cronache, tutti i deputati in piedi, festanti, gridavano: "*Duce, duce.*"*
Era infame la legge ed erano infami i deputati che la votarono.
Sul secondo argomento ti rispondo brevemente. No, non sapevamo.
Pensavamo che avremmo dovuto lavorare e che sarebbe stata dura, che avremmo sofferto la fame, ma nessuno poteva immaginare ciò che era.

Sapemmo tutto poco dopo il nostro arrivo, quando si sparse la voce che le ciminiere che avevamo visto quando entrammo con il treno dentro il lager di Birkenau e che pensavamo fossero le fabbriche dove avremmo lavorato erano i forni crematori e che i nostri cari, dai quali eravamo stati separati, erano stati mandati alle camere a gas.
I prigionieri che erano già nel lager ci spiegarono tutto e dissero che non esisteva altra via per uscire dal lager se non attraverso il fumo di quei camini.
Non ho mai visto Himmler, anche se sapevamo che aveva fatto una visita ad Auschwitz.
Quando la sera rientrando dal lavoro vedevamo erette le forche, dovevamo fermarci sul piazzale, aspettare che fosse eseguita l'esecuzione, e poi noi prigionieri andavamo all'appello, mentre le SS uscivano dal lager per andare nei loro alloggiamenti.
Sapevamo che venivano eseguiti gli esperimenti sulle donne alle quali venivano praticate chimicamente delle lesioni agli organi genitali.
Era una forma di sterilizzazione. Ad Auschwitz si sapeva degli esperimenti, ma almeno nel campo degli uomini non c'era nessuna possibilità di avere notizie direttamente, anche perché poche uscivano vive da quel mostruoso luogo.

Soltanto molti anni dopo la guerra ho parlato con Settimia Spizzichino, di cui avrai inteso parlare, e lei mi ha detto qualcosa, non tutto per una forma di pudore.
Settimia è deceduta nel luglio del 2000 e ha lasciato un grande vuoto.
Anche dei gemelli si sapeva, ma non di preciso; so che un gruppo di cento bambini fu mandato da Auschwitz al campo di Neuengamme, vicino Monaco. A essi inocularono la tubercolosi e poi furono irradiati di raggi X per vedere l'effetto. Soltanto venti superarono le prove, compreso un bambino napoletano, Sergio De Simone.
Il 20 aprile 1945, appena una settimana prima dell'arrivo delle truppe alleate, furono assassinati tutti.
Ho invece parlato con le sorelle Bucci, che sono rimaste ad Auschwitz e si sono salvate. Ricordano molto poco perché avevano quattro anni. Ora vivono una a Bruxelles e l'altra a Padova.
*L'appello era uno dei momenti più temuti, perché se la conta dei prigionieri (*Stücke*, eravamo chiamati all'appello, ossia pezzi) non tornava, allora era un tormento che poteva durare anche ore, con la pioggia o con la neve, sempre in piedi, allineati, e guai a chi si muoveva.*

Qualche volta era perché un prigioniero era riuscito a fuggire.
Si trattava in genere di politici polacchi che lavoravano fuori dai lager e che erano aiutati a fuggire dalla resistenza, i partigiani polacchi.
Il più delle volte l'assente era qualche prigioniero che non aveva potuto raggiungere la propria baracca perché non era più in grado di farlo e giaceva in qualche angolo del campo.
Le selezioni, che venivano praticate a turno, baracca per baracca, servivano ad eliminare tanti prigionieri quanti nuovi arrivati dovevano entrare nel lager.
Erano momenti indescrivibili, di terrore puro. Questo le prime volte, poi ci si faceva l'abitudine. Alzandoci al mattino ci si chiedeva se saremmo arrivati alla sera, quindi morire per fame, per le percosse, per le malattie o per la selezione non faceva poi una grande differenza.
Quando veniva annunciata la selezione si pensava: oggi dovrò morire; come si muore? Si soffre? Quanto? E dopo?
Era un evento che prima o poi doveva accadere. Certamente sarebbe stata una liberazione dalle sofferenze.
Il peggio era al rientro nella baracca, quando si

contavano i vuoti prodotti dalla selezione.
Mi fa piacere che tu parli agli altri della Shoah. È importante.
Non so per quanto tempo ancora noi pochi sopravvissuti potremmo farlo.
Noi cerchiamo di trasmettere la nostra memoria alle nuove generazioni affinché siano i giovani a farsene carico e diventino i nuovi testimoni, adesso e in futuro, per le generazioni che verranno.
Cara Erika, grazie di tutto e grazie per l'affetto che mi dai e che come sai è da me corrisposto.
Spero di incontrarti presto.
Ciao.

Piero

Roma, 2 giugno 2001

Cara Erika,
scusami il ritardo ma ho avuto un periodo molto intenso con le scuole e con il lavoro.
Sono molto contento se mi dai del tu perché così ti sento più vicina.
Con il lei c'è sempre un po' di distacco perché io che lo ricevo dovrei sentirmi superiore a te e non è così, oppure per il "rispetto" dovuto all'età, ma co-

sì dovrei sentirmi vecchio e non mi ci sento, o perlomeno non mi ci voglio sentire, non mi va. Io mi trovo molto bene con i giovani e spero che sia reciproco, ma credo di sì, visto che così come io cerco loro, spesso sono loro a cercarmi.

Con i miei nipoti non è da molto che parlo della Shoah perché avevo l'impressione che i loro genitori temessero che avrebbero potuto esserne turbati, e io non ho insistito.

Poi però è accaduto un fatto increscioso: il più piccolo, che frequentava la quinta elementare in una scuola statale, era stato isolato dai suoi compagni perché si era rifiutato di partecipare alla recita di Natale.

Lui cambiò scuola e si trasferì alla scuola ebraica ma io chiesi agli insegnanti di poter incontrare i ragazzi.

La mia richiesta fu accolta e all'incontro parteciparono sia lui che un altro nipote più grande di un anno.

Da allora mi fanno molte domande, alle quali rispondo come faccio con tutti.

Quello che adesso ha quattordici anni quest'anno dovrà sostenere l'esame di terza media e ha proposto alla sua insegnante di portare all'esame una tesina sulle leggi razziali e sulla Shoah.

Il mio rapporto con il computer è ancora all'inizio. Lo uso soltanto come macchina per scrivere, e per memorizzare, se serve, quello che ho scritto.
Mi dicono che imparato questo, poi tutto è facile. Non è vero, ci ho provato, una volta, ad entrare in un altro programma, volevo mandare una mail, il computer si è bloccato, ho dovuto chiedere aiuto per sbloccarlo e questa operazione che ha richiesto pochi minuti io non la so fare e temo di non riuscire ad impararla. Vedremo.
Finalmente mi parli dei tuoi genitori, che sono persone squisite. È normale che con uno dei genitori ci sia un rapporto di maggiore confidenza, succede a tutti; è successo anche a me.
Anch'io avevo maggiore confidenza con mia madre, anche se adoravo mio padre. Però, vedi, adesso hai l'età giusta per aprirti con tuo padre, a me non fu possibile, perché me ne mancò il tempo.
Quando fui deportato avevo pochi mesi più dell'età che hai tu oggi.
Mi riprometto sempre di non dare consigli ai giovani, non vorrei fare la parte del vecchio saccente, ma permettimi, per una volta, di fare un'eccezione per te.
Chiedi un giorno a papà di accompagnarti da qualche parte, che so, a fare un acquisto, una pas-

seggiata, al mare, meglio a piedi che in macchina, e prendi l'iniziativa.

Puoi cominciare dicendo che finora non avete avuto molte occasione di parlarvi, puoi dare la colpa al suo lavoro, dire che quando rientra a sera non vuoi annoiarlo coi tuoi problemi, puoi dirgli che ti farebbe piacere che lui partecipasse di più alla tua vita e tu alla sua e poi continua, gli argomenti verranno da soli e tutto man mano diventerà più facile e certamente bello.

Scusami per il consiglio; prometto, non lo faccio più.

Spero di poterti incontrare presto e di incontrare anche i tuoi genitori.

Così a voce potrò parlarti di me e potrai conoscere meglio questo tuo nonno adottivo che spero non diventi troppo saccente e rompiscatole. Il giorno che dovessi darti questa impressione, ti prego, dimmelo. Mi faresti un favore: sapessi quante cose apprendo dai giovani!

Ciao Erika, insieme all'abbraccio ti mando anche un bacione,

Piero

Nel 2003 il mio primo viaggio ad Auschwitz-Birkenau, il primo organizzato dal Comune di Roma. Andai per stare accanto a Piero, e invece fu lui a essermi vicino.

Roma, 17 ottobre 2003

Cara, carissima Erika,
la lettera che mi hai dato ieri io già l'avevo letta. Non sono un indovino; l'avevo letta nei tuoi occhi, nel tuo modo di parlarmi, nei tuoi sorrisi, nei tuoi ragionamenti, in tutta te stessa.
Comunque, anche se quello che mi hai scritto lo sapevo, mi ha dato una grande gioia. Non ci si stanca mai se una persona a cui vuoi bene ti dice che te ne vuole altrettanto.
Tu sai che da molto vado dicendo che sono stato adottato, e dico che sei stata tu ad adottarmi perché sei stata tu la prima ad esprimere i tuoi sentimenti. Anche se in un articolo apparso in questi giorni su Repubblica *c'è una frase che mi ha fatto (vanitoso come sono) molto piacere, "Piero Terracina, un giovanotto ultrasettantenne", io ultra ultrasettantenne lo sono, e non puoi immaginare cosa significhi per me il tuo affetto.*

È una cosa bellissima, di un valore incommensurabile, tanto più per il mio ultra ultra!
Il viaggio ad Auschwitz è stato certamente difficile per tutti.
Tu sei senza dubbio una ragazza matura e i tuoi sentimenti sono puri e belli: sei bella anche dentro.
Ma penso che questo viaggio abbia aiutato molti giovani a crescere, maturare, a riflettere, e una conferma mi è venuta dalle lettere che ho ricevuto.
Sono felice di mettere a disposizione dei giovani qualcosa della mia esperienza di ultra ultra, qualcosa di mio, per quello che può valere.
Per concludere: non è vero che la terza età è l'età del declino. Può essere bellissima se si può godere della vicinanza di una persona come te.
Grazie, grazie per quello che sei e per la fortuna che ho avuto qualche anno fa ad incontrarti.

Piero

PS Ti auguro di fare nella vita altri viaggi importanti e più belli.

E poi quella che conservo con più gelosia. Che terrò sempre come un dono prezioso, preziosissimo.

Roma, 5 ottobre 2005

Erika cara,
carissima, adorata bambina mia, quale dono meraviglioso ho avuto dalla sorte quel giorno di sei (o sette) anni fa, quando ti ho vista per la prima volta!
Mi ricordo sai, mi ricordo tutto; le tue domande quella mattina, lì in quella scuola a Ladispoli, poi la tua telefonata, la tua prima lettera, il tuo desiderio di sapere ciò che io, lo confesso, temevo. Capita, sai, poteva trattarsi di morbosità per un argomento così terribile, morbosità che è fine a se stessa e che poi non lascia traccia.
Ma come mi sbagliavo! Per fortuna mi sono accorto subito che non era così.
Ho saputo valutare ciò che eri e ho cominciato a provare interesse per quello che dicevi.
Poi è nato l'affetto reciproco, bellissimo, che a me ormai, avanti con l'età, dà sapore alla vita, e quale sapore!
E ancora: entrare nella tua casa, conoscere i tuoi genitori meravigliosi, godere della loro amicizia sincera.
Hai fatto bene sai, questa mattina, a dirmi di leggere la lettera dopo, quando tu non c'eri.

Avresti visto la mia commozione che aumentava man mano che leggevo, e non è bello mai con nessuno mostrare le proprie debolezze.
Non c'è dubbio che, andando avanti con l'età, certi freni alle emozioni e alle commozioni vengano a mancare. Si dice che lo storico (questo sarà il tuo futuro), nelle sue ricerche, deve essere freddo, distaccato, non deve essere coinvolto emotivamente. Ma come farai a non esserlo, se in mezzo c'è l'affetto profondo che ci lega?
Ecco, penso che questo sarà un argomento che dovrai affrontare e su cui dovrai chiedere lumi ai tuoi docenti.
Conserverò la tua lettera tra le cose più preziose e chiudo con un grazie (anzi tre!): grazie per quello che fai, grazie per quello che sei, grazie di esistere.
Piero

PS Ho scritto a mano, ma che fatica! E poi non so più scrivere!

Chiudo la cartellina rossa, il mio album di fotografie a inchiostro. Rimarrà qualcosa di noi, qualcosa che gridi che ci siamo stati, che ci volevamo bene.

VIII

Arrivo a Trastevere e lo trovo che già mi aspetta al binario 1. Il treno si ferma, la gente si accalca alle porte, lui si sposta per vedere meglio. Riesco a uscire, lo chiamo urlando: «Sono qui!»

Finalmente mi vede, viene verso di me. È felice.

Abbiamo deciso di fare una passeggiata nel ghetto, oggi. Quando posso vengo qui a leggere.

C'è un posto dove riesco a sedermi e a restare in disparte. Le persone passano veloci, qualcuno ride, altri si salutano.

Portico d'Ottavia illuminato dal sole caldo delle sei del pomeriggio sembra uscito da una cartolina disegnata di fine Ottocento.

La Sinagoga quasi abbaglia, nel suo marmo bianco.

Ci sediamo a mangiare un pezzo di pizza, mentre Piero mi racconta di quando era bambino e veniva a giocare tra le rovine romane.

«Mi portava papà. Ogni domenica facevamo una passeggiata per Roma.»

Mi viene in mente una cosa banale, vorrei quasi tenerla per me. Poi mi dico che in fondo è normale che mi ponga domande così.

«Piero, cosa si prova ad essere separati dai genitori?»

Si volta verso di me. Non si aspettava questa domanda proprio adesso.

«È stata questa la cosa peggiore. Io avevo quindici anni, dipendevo da loro. In un momento non ho più avuto la loro protezione, il calore degli abbracci, delle carezze. Ho lottato ogni momento per non morire, ma l'ho fatto da solo.»

Gli occhi si bagnano un po'. Non soltanto i suoi.

«Mi è mancato il dialogo con mio padre. Mi sono mancati i baci, i sorrisi, le carezze di mamma. Tanto.»

Gli prendo la mano e la stringo nella mia.

«Sono cose preziose. Come fa un ragazzino a stare senza? Sono tornato libero, ho ritrovato la salute, ma non ho più avuto queste cose. Non posso neanche portare un fiore sulla tomba di mia madre. Dove devo gettarlo questo fiore? Nel vento?»

A volte è difficile sostenere i suoi silenzi. Non ho parole adatte per romperli e ne sento il peso.

«Cos'è che ci rende uomini? Il dolore? La sofferenza, che ci tiene attaccati alla terra?» chiedo senza guardarlo, come se la domanda non arrivasse da me, ma da qualcosa che si muove sotto di noi, in profondità.

Vorrei tenerlo con me per sempre. Ricevere il suo affetto ogni giorno della sua vita.

Con Piero ho capito che non tutto scorre via, che i legami più forti sono quelli che non hanno ragione d'essere.

La vita segue il suo corso senza che ci si debba affannare per darle un senso. Con lui ho imparato questo.

L'affetto che si riceve è la nostra realizzazione, il nostro senso.

Sono arrivata nella sua vita dopo Auschwitz, e mi dice che sono la sua gioia. A volte penso di essere nata per questo, per portargli felicità. E questo mi basta.

Cerchiamo sempre di ritrovarci nelle parole degli altri. Abbiamo bisogno di sapere che non siamo soli, che tutto quello che viviamo è condiviso, che qualcuno può comprenderci a tal punto da esprimere con pensieri suoi le nostre emozioni.

C'è in noi la convinzione che siano le stesse per tutti, ma non è così. Anche noi non viviamo mai le stesse emozioni nello stesso modo.

Nessuno guarda il mondo con i nostri occhi.

Quando ne parlo con Piero, fa sempre cenni di assenso. Vive questa solitudine d'animo fino all'esasperazione. Chi può capire le sue sensazioni fino in fondo?

Mi ha detto che chi è stato in un campo di sterminio non potrà più essere un uomo normale.

Penso a Shlomo Venezia, costretto a lavorare nelle squadre del Sonderkommando. Nei crematori.

«Noi fingiamo di essere normali, ma non lo siamo. Come potremmo esserlo? La nostra finzione è iniziata quando siamo usciti da lì.»

Gli ho chiesto quali sono i suoi incubi notturni. Se a ingoiare il sonno sono immagini, suoni, scene vissute.

Sogna di essere inseguito da qualcosa, di dover fuggire. Ci tiene a specificare: qualcosa, non qualcuno.

E poi il fuoco.

Per tanti anni non è riuscito a sopportare la vista di un falò. Sembra assurdo, quando lo racconta.

«Mi sentivo proprio male fisicamente» mi ha detto.

«Ma cosa provavi? Cerca di farmi capire.»

«Come un mancamento. Quasi come se stessi per svenire. Sai, anni fa in via S. Urano, sulla via Appia Pignatelli giorno e notte ardeva una fiamma, non ho mai saputo cosa fosse. Forse una discarica. Dalla strada si vedeva il fuoco e il fumo che saliva e io non riuscivo a passare da lì, non avevo la forza di guardare.»

"Dio mio" ho pensato, "una reazione così forte ad anni di distanza."

«E come sei riuscito a superare questa cosa?»

«Mi sono imposto di farlo. Ho sofferto, ma sapevo che dovevo superarla subito, altrimenti non ci sarei più riuscito.»

«E quando vai in stazione, quando prendi il treno… non pensi a…»

Non mi fa terminare la frase, ha già capito dove voglio arrivare.

«Soprattutto quando c'erano ancora le locomotive a vapore. Il fischio del treno era lo stesso. Mi bastava sentirlo per tornare con la mente là dove il fischio della locomotiva annunciava l'arrivo nel lager di un convoglio. Poi, certo, anche le stazioni. Tutta quella gente, i bambini in braccio alle mamme. Bastava vedere una bimba con la sua bambolina in mano…»

Il prezzo che paga per vivere nel mondo è fingere bene. Chissà quante volte fa finta di niente e invece lotta per tornare alla realtà.

IX

L'aroma di caffè che veniva dalla cucina mi svegliò con estrema dolcezza.

Mi piace svegliarmi presto e rimanere a letto per un po', fingendo di dormire.

Parecchio dopo mi appoggiai al bordo del letto, con la testa sulle ginocchia.

Fissai la foto appesa al muro. Il bianco e nero ingiallito ritraeva una giovane SS e una donna vestita di bianco. Era il giorno del loro matrimonio. Accanto alla coppia, c'erano due bambini e una bambina che sorridevano. Non erano i figli, di questo ero sicura; non si somigliavano affatto.

Non so chi siano quelle persone né tantomeno se siano ancora in vita. Comprai la foto a un mercatino dell'usato e a nulla valsero le mie domande per sapere se fossero parenti del venditore.

Il marchio, in basso a destra, reca la scritta "T. Suton – Landsberg".

Dunque, i due giovani erano di quella città.

Il giovane, alto e fiero nella sua divisa, aveva lo sguardo fisso e serio, senza l'accenno di un sorriso. Mi chiesi cosa avessero visto quegli occhi celesti. Vorrei quasi cercarlo, scoprire dove abita e bussare alla sua porta.

So già cosa gli direi: «Ho una sua foto, sa? L'ho cercata per molto tempo per dirle che questa foto ce l'ho io, la conservo nella mia stanza.»

Poi passeremmo il pomeriggio insieme davanti ad una tazza di tè e io gli chiederei gentilmente perché mai decise di dar via la foto più importante, quella del suo matrimonio.

Forse sua moglie era morta. Forse, per la disperazione, lui aveva voluto disfarsi di ogni ricordo, ma per non buttare quell'immagine tanto cara aveva pensato che fosse meglio darla a qualcuno, e poi chissà come era finita sul banco di quel mercatino.

Mi dispiace soprattutto di non sapere il suo nome. Karl, o magari Arthur? O forse Franz?

E perché non sorrideva? E quanto tempo dopo quello scatto avrebbe ripreso servizio, tornando chissà dove, per fare chissà cosa?

Non saprà mai, Karl-Arthur-Franz, che una ragazza italiana conserva in camera un ricordo dell'esistenza sua e di sua moglie.

Non so perché comprai quella foto. La tengo lì

per poter guardare in faccia uno di *loro*, per avere tra le mani almeno un volto.

L'ho mostrata a Piero. L'ha osservata con distacco.

«Guardalo, sembra quasi triste. Magari qualche giorno dopo la foto è tornato a lavorare in un lager» gli ho detto.

«Le SS non lavoravano solo nei lager» ha detto lui.

«Quando eri nel lager c'è stato qualcuno di loro che ti ha aiutato un po'? Che ti ha trattato umanamente?»

Risponde con una memoria che ha anche scritto in una lettera.

«Mi ricordo di una giovane SS che mi era sempre sembrata più umana delle altre, un bel ragazzo, alto, sorridente. Quando faceva l'appello, non alzava mai il bastone su nessuno. Più di una volta ho pensato addirittura di rivolgergli la parola, ero quasi sicuro che avrei potuto.

«Il 7 ottobre del '44, quando scoppiò la rivolta nel crematorio n° 3, aveva montato un mitra sulla sua bicicletta e percorreva la Lagerstrasse che separava il settore D dal settore C sparando sui prigionieri che scappavano. Quando vedeva un gruppo di internati scendeva, girava il manubrio e cercava di colpirli tutti.»

«Quanti anni avrà avuto?» gli chiedo io.

«Non so, una ventina, forse pochi di più. Ma era una bestia feroce, come le altre. A me non sembrava, ma sapeva uccidere. Ho dovuto accorgermene con i miei occhi.»

L'ho guardato, tenendo a bada una leggera agitazione.

«Nessuno ha mai fatto qualcosa per aiutarti? Anche un gesto soltanto.»

Mi fa cenno di sì con la testa, dice che ha vissuto un episodio strano che non riesce a spiegarsi. Gli chiedo di raccontarlo.

«Un giorno mentre tornavo nella baracca un kapò mi vide e mi chiamò. Pensai subito a una punizione, invece voleva soltanto darmi una gamella di zuppa. La divorai immediatamente. Quando ebbi finito me ne diede un'altra, poi un'altra ancora.»

«L'ha fatto per pietà?»

«Non lo so… ma non ti nascondo che mentre mangiavo ero terrorizzato. Non riuscivo a capire come fosse possibile un gesto del genere in un posto come quello. Pensai che volesse vedermi morire, che avrebbe continuato a darmi la zuppa finché non fossi morto davanti a lui. È l'unico modo in cui posso spiegarmelo.»

«Poi cosa hai fatto?»

«Dopo la terza gamella gli dissi che non ne volevo più e lui mi mandò via. Ci penso ancora oggi… ho tolto il cibo a tre prigionieri.»

So che non servirebbe a niente dirgli che non è così, che è inutile adesso pensare a questo.

Guardo ancora un attimo la fotografia che stona con tutto quello che la circonda. Forse la nasconderò nel fondo di un cassetto finché non avrò dimenticato di averla, il ricordo anonimo di qualcuno che non ho mai visto, che non ha avuto altri legami con la mia vita se non la pura casualità di comparire un giorno davanti ai miei occhi.

X

Conobbi Sami a un concerto poco prima di Natale, mi sembra. Piero aveva dedicato mesi a organizzare tutto: trovare la sala, ingaggiare l'orchestra, spedire gli inviti.

Spartiti scritti di nascosto, durante la prigionia o appena prima, o subito dopo, da tedeschi, polacchi, russi, francesi, italiani. Messi in musica, a far sentire la loro voce.

L'avevo già visto una volta, ad una cena a casa di Piero, qualche tempo prima, ma non ci eravamo detti nulla, a parte le presentazioni.

Certo, Piero gli aveva parlato di me, questo lo sapevo. Lo riconobbi subito.

Prima che il concerto iniziasse, senza pensarci troppo andai verso di lui. Alto e robusto, lo sguardo dolce e il sorriso che affiora veloce sulle labbra.

Non fu necessario ricordargli il mio nome.

«Piero mi ha tanto parlato di te, dice che stai studiando storia all'università. Che vuoi andare a Yad Vashem!»

Riesco a leggere il pizzico di orgoglio con cui Piero deve avergli parlato.

«Sì, Sami, voglio dedicarmi a questo.»

Mi dice che anche lui lo fa, che si è accorto che è l'unica cosa che può fare, quasi una missione.

Parla con una dolcezza infinita. Provo l'impulso di abbracciarlo, ma mi trattengo.

Parla di Rodi. Io continuo ad osservarlo, anche se sono fuggita nei racconti di Piero.

Sami ha un anno meno di lui, è un compagno di lager.

Per fortuna non riesco ad immaginarli bambini. Me ne rallegro e questo pensiero mi fa tornare alla realtà.

Ha accanto sua moglie Selma, sorride anche lei e mi parla della decisione di passare sei mesi in Italia e sei mesi a Rodi, ogni anno.

Piero si avvicina allegro e mi posa una mano sulla spalla. «La mia bambina!» dice, rivolto a Sami.

Si ferma un attimo appena e poi corre da qualcuno che è arrivato in quel momento.

Io resto lì a parlare. Per quanto nessuno dei due abbia il coraggio di sfiorare il passato, questo trova il modo di infilarsi tra le pieghe dei discorsi.

Sami ripete con discrezione frasi che ho già sentito da Piero.

«Avevo quattordici anni. Quattordici. Eravamo sempre insieme, anche alla liberazione del campo...» Avverto con chiarezza i puntini di sospensione, come se fossero stampati su un foglio bianco.

Non è il posto adatto né il momento, mi dicono gli occhi di Sami, ma ci sarebbero tante cose da dire.

Il concerto inizia e dissolve l'attimo.

La testa che sbatte a ogni gradino. Non riesco a mandare via l'immagine.

Due ragazzini senza forze che tengono un cadavere per i piedi e per le braccia. Lo trascinano via, non hanno la forza di sollevarlo. Qualcuno ha ordinato loro di farlo, alla liberazione del lager.

Devono portarlo fuori dal block, in fretta.

È una donna.

La trascinano per le scale, la testa sbatte a ogni gradino.

Sono Piero e Sami.

Mi ricordo la mano di Piero davanti agli occhi, a nascondere le lacrime. Mi disse che quel rumore lo sente ancora.

Lo sente anche Sami, penso, mentre le note scorrono veloci sopra le nostre teste.

XI

Ho tra le dita dei fogli che Piero mi ha appena mandato via internet. Domande di bambini.

In cima una frase sua, per me: "Non so mai se le mie risposte sono adatte a bambini così piccoli. Non voglio turbarli."

Mio dolce Piero, sempre così sicuro di non essere sicuro.

Quando lo sento così agitato prima di un convegno provo sempre l'impulso di prendere il treno e andare ad abbracciarlo. Non ho parole per rassicurarlo, gli rispondo sempre con lo stesso "Ma certo che ce la fai! Tranquillo!", ma so che niente funziona più di un attimo di silenzio e della stretta di chi ti vuole bene.

Lo abbraccio piano, sempre con la paura di fargli male.

Leggo le domande dei bambini. Sono semplici e forti, dirette come loro. Gli adulti non chiedono queste cose, forse le danno per scontate, pensano che siano sottintese.

"Quali paure avevi?" è l'interrogativo che cattura la mia curiosità. Mi siedo sul tappeto della mia camera, incrocio le gambe e inizio a leggere.

"Le paure? Tante... quella di subire un furto, per esempio" scrive lui.

Sì, ricordo quando mi raccontava del cucchiaio. Un pomeriggio intero a parlare di cucchiai, gamelle, scarpe legate tra loro perché qualcuno non le portasse via durante la notte.

Non gli chiedono del suo cucchiaio, gli adulti. "Se non lo avevi eri costretto a mangiare direttamente dalla ciotola, o con la bocca nella ciotola... come un animale."

Continuo a leggere la risposta alla domanda del bambino. Ora parla delle scarpe, che di notte usava come cuscino.

Gli ho chiesto cosa succedeva, se al risveglio scarpe e cucchiaio non c'erano più.

Mi ha detto che si era costretti a ricomprarle. «E dove?» ho detto io.

«Vedi, nel campo esisteva una specie di mercato nero, c'era chi offriva e chi chiedeva.»

«E i soldi?»

«No, quali soldi! Tutto era basato sullo scambio.

La moneta per poter avere qualcosa era una parte della razione di pane, margarina, salame. A volte tutta.»

«Perciò dovevate rinunciare al cibo… certo, in quelle condizioni…»

«A volte si rischiava di morire. Ma senza scarpe o cucchiaio si moriva lo stesso.»

«Non vi aiutavate tra prigionieri?»

«Se avevi amici con te sì, poteva capitare. Ognuno cedeva una piccola parte della sua razione per chi era stato derubato. Ma accadeva di rado. Tu capisci… si diventa egoisti, si pensa a sopravvivere.»

Torno alle domande dei bambini. Una chiede quali erano i sentimenti più forti nel lager.

La risposta di Piero un po' mi sorprende. Riassume tutto in odio e amicizia.

L'odio è un sentimento potente, ci vuole grande forza interiore per odiare qualcuno.

Non parla di paura, invece, come mi sarei aspettata.

Poi l'amicizia. Ha risposto pensando a Sami, sorrido.

Cerca sempre di farmi capire quanto è stato importante poter parlare con qualcuno.

«Prova a immaginare di essere in un posto dove nessuno intorno a te parla la tua lingua. C'è da impazzire. Parlare con qualcuno era un po' salvarsi, non lasciarsi andare.»

Mi sembra di vedere Piero e Sami insieme, anche se faccio fatica a immaginarli ragazzini.

«Di cosa parlavate?» gli ho chiesto un giorno, a casa sua.

«Di tutto. Soprattutto del passato. Delle nostre famiglie, della vita quando eravamo liberi. Delle speranze. E poi del cibo! Cosa ci piaceva, le ricette... i sapori.»

Oggi si abbracciano con un affetto che ogni volta sembra dire: "Siamo ancora qui."

XII

Guardo da lontano la confezione trasparente del dolce al sesamo che se ne sta immobile sulla scrivania della mia camera. So già che non lo mangerò.

È sempre la stessa storia, quando vivo una giornata importante non riesco a togliermi il vizio di conservare un qualcosa che la ricordi. Forse è soltanto paura di dimenticare.

Spio i semini attaccati tra loro da una patina lucida che ha tutta l'aria di essere miele.

Un dolce greco.

Sotto, i miei fogli di appunti sparsi e spiegazzati. Una frase sottolineata che ricordo bene: "Siamo nati due volte io e Piero."

Ieri ho passato quattro ore sul divano bianco della casa di Sami e Selma, con una tazzina di caffè in mano, mentre lui mi raccontava dei mesi nel lager.

Ho bisogno di stringere qualcosa di bollente o di ghiacciato quando sono davanti a quei ricordi. Soltanto una sensazione estrema riesce a bilanciarli e mi illudo di poterne camuffare l'impatto.

Ho detto a Piero che era dalla prima volta che li ho visti, la sera del concerto di musiche composte nei lager, un anno fa, che desideravo trascorrere un giorno con loro e conoscerli meglio.

Volevo cogliere gli sguardi che si lanciano quando nessuno li vede.

Io e Dario aspettiamo a Fiumicino che Piero arrivi con Sami e Selma. Il sole illumina il mare calmo, un ragazzo passa con un cagnolino. La spiaggia è vuota, soltanto un uomo che legge un libro. Mi sporgo dal muretto che la separa dalla strada per cercare di leggere il titolo, ma non ci riesco.

Ho chiesto a Dario di portare la sua macchina fotografica, voglio regalare a Piero e Sami una bella fotografia in bianco e nero, senza tempo, che li ritragga vicini e sorridenti, perché possano guardarsi anche quando sono lontani.

La macchina rossa di Piero appare in fondo alla strada, scendo subito dal muretto e corro verso di loro. Sami ha un volto bellissimo, che contiene a meraviglia i suoi grandi occhi da buono. Lo ricordavo bene.

Selma mi regala subito un abbraccio caldo, di quelli che mi piacciono tanto.

Entriamo nel ristorante e ci sediamo al tavolo, io e Dario davanti a Sami e Selma, Piero accanto a me, come sempre.

Chiedo a Sami da quanti anni è sposato con Selma, «Da quarantanove!» mi dice ridendo, «e senza concedermi neanche una scappatella!»

Dario mi stringe la mano, lo guardo e sorrido. Potremmo essere noi due, con qualche anno di più. E noi loro, con qualche anno di meno.

Seduti allo stesso tavolo, occhi negli occhi. Non abbiamo nulla in comune eppure ci somigliamo più di quanto pensiamo. Gli amanti hanno lo stesso sorriso, si guardano nello stesso modo.

Le porzioni sono troppo abbondanti e soltanto Piero riesce a terminare la sua.

Sami si volta verso la moglie. «L'avessimo avuta ad Auschwitz-Birkenau, questa pasta!» Un po' la pronuncia imperfetta, un po' la frase in sé, non posso che pensare a Vladek, il topino di *Maus*.

Parliamo un po' di Rodi prima di andare a casa di Sami e Selma a bere il caffè.

Fisso il pavimento per dare a Sami il tempo di riprendersi. Lui guarda Piero, che è seduto sulla poltrona di fronte.

Si sorridono. «Siamo nati due volte, io e Piero.»

Piero in terrazza nella sua casa di Roma. (foto di D-J. Laganà)

Piero e io a casa sua, mentre mi mostra i "suoi" bottoni, realizzati nella fabbrica per la quale ha lavorato molti anni dopo la guerra. (foto di D-J. Laganà)

Piero mi mostra le fotografie di Lida Grinswald, l'infermiera russa di cui si innamorò dopo la liberazione da Auschwitz. (foto di D-J. Laganà)

Ostia, a casa di Sami Modiano dopo la giornata passata insieme. Osserviamo la fotocopia del documento nazista in cui sono registrati gli arrivi ad Auschwitz dei convogli di deportati ebrei dalla Grecia e da Rodi. Sami mi sta mostrando il suo nome. (foto di D-J. Laganà)

"Siamo nati due volte, io e Piero." (foto di D-J. Laganà)

Un giovane Giovanni Terracina, padre di Piero.

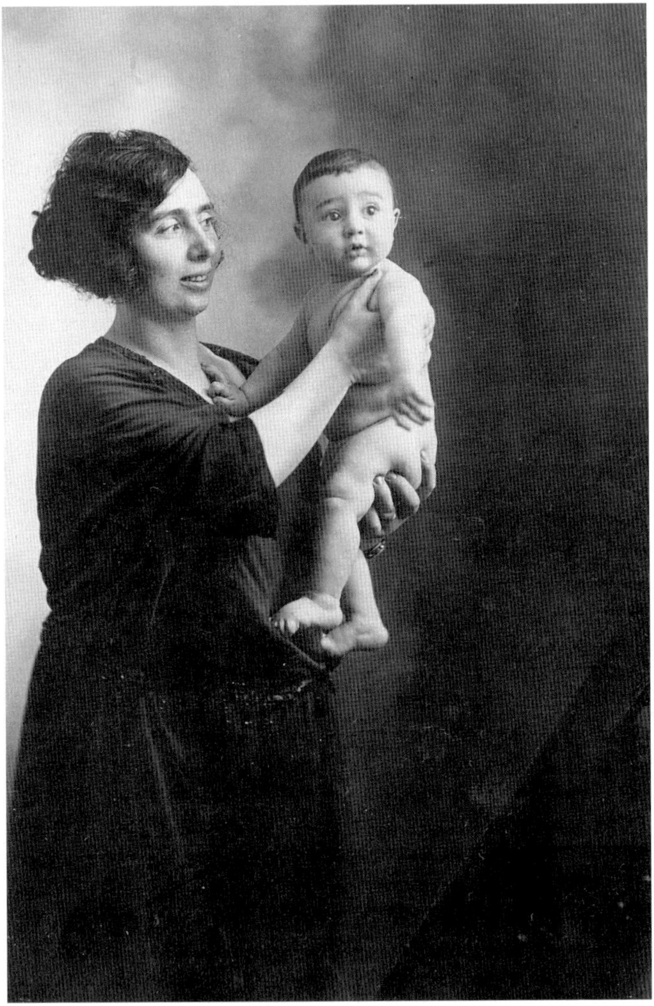

Mamma Lidia mostra orgogliosa il piccolo Leo.

Anna, Cesare e Leo bambini posano davanti al fotografo.
Piero non era ancora nato.

Cesare nel 1941 a Bracciano, durante una delle gite domenicali in bicicletta che i fratelli Terracina facevano insieme ad amici e parenti.

Piero con la madre Lidia nel 1941 al mare.

Leo, Cesare e Anna nel 1942 al mare.

Leo sul balcone di casa a Roma.

Cesare e Piero davanti al cancello di casa. Sulla sinistra un cartello invita a un incontro della Gioventù fascista.

Piero in bicicletta prima della deportazione.

Anna prima della deportazione.
Questa è la fotografia a cui mi sono
ispirata per realizzare il ritratto
che ho regalato a Piero.

Lida Grinswald nel 1947 con la divisa
da infermiera.

Non ho dovuto insistere per farmi raccontare di Auschwitz. Sami mette subito in chiaro che quella è diventata la sua missione.

Selma gli ricorda di prendere le pillole per la pressione, prima di iniziare a parlare, e per un momento ho il dubbio che le prenda solo quando ricorda della prigionia.

«Fratello mio, ma come abbiamo fatto a salvarci?»

Mi parla, i lineamenti ancora belli, gli occhi dallo sguardo gentile che diventano freddi solo quando inizia a parlare dei tedeschi che l'hanno portato via da Rodi.

Lui e Piero si sono conosciuti in una baracca di Birkenau e insieme hanno deciso di non morire. Di tornarsene a casa per poter prendere un giorno un caffè in salotto, come due vecchi amici che non si vedono da tanto tempo.

Non riesce ancora a nascondere quanto gli sembra strano di essere uscito vivo da lì, me lo dice subito, poi si volta verso Piero e lo dice anche a lui con le stesse parole, che però stavolta hanno un suono diverso.

Gli chiedo se ricorda il giorno in cui si conobbero. Sami ha gli occhi lucidi, ma riesce a non piangere. Fa una strana impressione, stare seduta accanto a quest'uomo che si sforza di parlare e trattiene le lacrime. È un uomo forte, con una dignità enorme.

«Questo qui è mio fratello. Anzi, è più di un fratello, perché abbiamo vissuto insieme certe cose che… che neanche si possono raccontare. Cadaveri, morti. Quando hanno liberato il campo a Birkenau c'erano più morti che vivi.»

Mi guarda come per dirmi "vorrei raccontarti tutto, ma non basterebbe comunque a farti capire cos'era."

E forse è così, forse davvero non servirebbe.

Si sono conosciuti nel blocco 29 del campo D, dove Sami è stato mandato dopo la quarantena e dove Piero era già da qualche mese. Non conoscevano nessuno, si videro e si riconobbero l'uno nell'altro. Piero aveva quindici anni, Sami nemmeno quattordici.

«Legammo subito, nacque un'amicizia vera, profonda, fraterna. Avevamo tutti e due bisogno di un punto di riferimento.»

«Lavoravate nello stesso commando?» chiedo io.

«No. Ma quando la sera tornavamo dal lavoro ci raccontavamo tutto.»

Piero interviene: «Ma non parlavamo mai di morte, di camere a gas, di crematori. Forse solo qualche volta di sfuggita, come se la vita dovesse continuare il suo corso, anche se sapevamo che da un momento all'altro avremmo potuto non rivederci più.»

Sami si volta verso di me, capisco che vuole dire qualcosa e mi avvicino per ascoltare meglio.

«Ti voglio raccontare un episodio. Una sera ero nel mio block, vicino alla stufa, in un angolo, e poco più in là vidi un gruppo di prigionieri che parlavano tra loro. Uno di questi mi chiamò, disse che volevano recitare un Kaddish ma avevano bisogno di un'altra persona. Credo che fossero ungheresi. Risposi che non potevo perché non avevo ancora fatto il Bar Mitzvah per la maturità religiosa. L'uomo che mi aveva chiamato rimase stupito. Disse che prima di essere deportato stava studiando per diventare rabbino e in quel caso non poteva lasciare che io morissi senza averlo fatto. Era un suo compito, capisci? Non voleva morire con questo peso sulla coscienza.»

«E ti ha fatto lì il Bar Mitzvah?»

«Mi disse che lo avrebbe organizzato per la sera dopo. Io ero molto debole, quasi imbambolato, la cosa non mi toccò più di tanto.»

«Raccontami della cerimonia.»

«Sì. Fu molto semplice, di nascosto, nel block. Ed è così che ho avuto il mio Bar Mitzvah ad Auschwitz.»

«Sami, tu credi in Dio?» chiedo. Stringo ancora

la tazzina di caffè, e spero che rimanga bollente per un altro po'.

«Oggi sì. Ma c'è voluto tanto tempo per tornare a crederci.»

«E come riesci a conciliare quello che hai vissuto con l'esistenza di un Dio?»

Riesce difficile a me, penso, anche se non sono stata in un lager.

«Vedi, Dio mi ha portato tante volte vicino alla morte, ma mi ha sempre ripreso in tempo. Non ha mai lasciato che morissi. Non so perché abbia lasciato vivere proprio me, ma se sono qui, ora, lo devo a lui.»

Quanto vorrei dirgli che lo deve a se stesso, invece. Alla sua forza, e non soltanto a quella fisica.

Sami continua a raccontare: «Da Rodi sono arrivate ad Auschwitz duemilacinquecento persone. Millenovecento sono state subito mandate alle camere a gas, seicento ai lavori. Ne sono sopravvissute solo un centinaio, tra cui io.»

Mi mostra la fotocopia di un documento tedesco in cui sono registrati tutti i deportati da Rodi con i relativi numeri di matricola. L'ha avuto nel museo del lager, un anno fa.

Alla seconda selezione è stato destinato ai crematori.

«Le selezioni si susseguivano perché arrivavano ogni giorno trasporti dall'Ungheria che portavano migliaia di prigionieri, e il posto per quelli che dovevano entrare nel campo doveva essere lasciato da quelli che erano arrivati prima di loro. Il mio trasporto era arrivato da alcuni giorni e aveva già subìto la selezione, ma si accorsero che c'erano dei giovanissimi che per la legge del lager non avrebbero dovuto essere in vita. Io e una ventina di ragazzi fummo selezionati e portati nel crematorio. Lì ci misero in una stanzetta in attesa che fosse il nostro turno per essere gassati.»

Lo interrompo, non riesco proprio a trattenermi: «E voi lo sapevate, che sareste stati gassati?»

«Certo! La stanzetta era chiusa e non vedevamo nulla, ma l'odore lo sentivamo... siamo stati una notte intera chiusi così. Una notte non finisce mai... alcuni di noi piangevano, altri pregavano... un inferno.»

«E come hai fatto a salvarti?»

«Arrivò un ufficiale delle SS che cercava uomini per un lavoro. Era arrivato un treno di patate che doveva essere scaricato al più presto, perché doveva ripartire subito. Nel lager aveva trovato pochi uomini, perché le squadre erano già state formate ed erano uscite.»

«Perché non ha preso gli uomini appena arrivati?»

«Non erano stati ancora immatricolati. Prese il nostro gruppo di ragazzini. Finito il lavoro, la sera, non ci riportò al Sonderkommando, ma ci fece rientrare nel campo. Mi sono salvato così, capisci? Come posso non credere che sia stato Dio ad aiutarmi?»

Appoggio la tazzina di caffè sul tavolo del salone, ormai è freddo.

Restiamo tutti in silenzio. Sami prende la sua tazzina e accenna un sorriso.

Mi offre caramelle dalla scatolina che ha aperto per noi. Ne prendo una con la carta verde. Fingo di leggere quanto è scritto sulla carta. Anche se è in greco, sicura che nessuno se ne accorgerà.

Un «dove eravamo rimasti?» interrompe i miei pensieri. Prendo i miei fogli e la penna che come al solito non scrive bene.

Gli chiedo della liberazione; lui racconta del cadavere della donna che ha dovuto portare fuori dalla baracca insieme a Piero. Mi dice che erano nel lager A con altri, tra cui Primo Levi, quando sono arrivati i russi.

Quando parla del giorno in cui è stato diviso da Piero i suoi occhi si fanno lucidi.

«Mi hanno portato via perché sono crollato» precisa Piero, e completa il racconto dell'amico lasciandogli il tempo per riprendersi un po'.

Vedo Selma, che poco prima era andata in un'altra stanza, tornare con una grande fotografia in bianco e nero. Sami me la mostra, è la sua famiglia.

«Questa è mia madre. È morta a Rodi, prima di essere deportata. Ma sono contento, perché posso andare alla sua tomba quando voglio. Degli altri non ho nessuna tomba.»

Guardo Piero sperando che non abbia sentito. Mi sorride, forse davvero non ha sentito.

Tengo la fotografia in mano per un po', voglio osservare i volti di ognuno, le vesti delle donne. Sua madre è ancora una bambina e gli uomini sono vestiti da turchi, dev'essere stata fatta ai primi del Novecento. La passo a Selma, ho altre domande da fare.

«Quando vi siete ritrovati?» chiedo a tutti e due.

Si guardano per decidere chi deve rispondere. Piero lascia parlare Sami.

«Quando sono tornato in Italia non sapevo che fine avesse fatto. Un giorno, quando ancora ero a Roma, incontrai un uomo che mi disse di essere suo zio e che cercava sue notizie. Gli dissi che eravamo ad Auschwitz insieme e da lì era uscito vivo, ma che non sapevo altro. Poi, una sera di tre anni fa, a Rodi, mentre guardavo la televisione, lo vidi parlare. "Selma! Selma!" Chiamai mia moglie per dirle che era lui, era Piero, era vivo! Il giorno dopo chiamai la comunità ebraica di Roma, ebbi il suo numero e gli telefonai.»

Piero è commosso.

«Raccontami del giorno in cui vi siete rivisti.»

«Piero è venuto qui a Ostia. Ho aperto la porta, ci siamo abbracciati… eh, non si può descrivere… rivederci dopo quasi sessant'anni…»

Mi accorgo che anche Selma ha gli occhi lucidi. Basta così, i ricordi sono troppi per una sola volta.

Prendo il dolcetto al sesamo che mi ha regalato e lo metto in borsa.

Mi alzo e abbraccio Sami, come volevo fare fin dalla prima volta. Lo stringo forte a me, più per amore che per riconoscenza.

Lui mi prende le mani. «Voglio dirti una cosa nella nostra lingua» mi dice piano.

«*Mazal tov*, Erika, buona fortuna. Per tutta la tua vita.»

Ho bisogno di scappare. Saluto Selma e le prometto che ci rivedremo presto, tutti insieme.

Prendo Piero per mano e usciamo dal palazzo. Ho bisogno di piangere. Dario se ne accorge, a lui non basta il sorriso finto che uso in queste situazioni, ormai sa come superarlo e guardare oltre, dentro di me.

Stringo il dolcetto al sesamo, poi lo nascondo sotto i miei appunti, nella borsa.

Piero ci accompagna alla stazione, per lui ho tenuto in serbo l'abbraccio più grande.

Dietro la fotografia che voglio regalargli scriverò "Siamo nati due volte, io e Piero."

XIII

Apro un poco la grande finestra della sala prima di sedermi al tavolo e iniziare a scrivere.

Piero rimane in piedi e cammina per la casa. Se fumassi, probabilmente questo sarebbe il momento ideale per accendere una sigaretta.

«Raccontami di Auschwitz» gli dico a voce abbastanza alta, così che possa sentirmi. In verità spero sempre di non doverlo ripetere.

Siamo qui per questo, lo sappiamo entrambi. Abbiamo scelto questa giornata per le domande difficili, quelle che non riesci a controllare e tieni fino all'ultimo momento, prima che ti sfuggano e lascino scosso anche te che le hai fatte.

Forse mi sento in colpa. Che diritto ho di starmene seduta in casa sua, con il mio blocco di appunti, a fargli domande? Cos'è, un'intervista? Sì, mi sento in colpa.

«Come se fosse possibile raccontare. Non si potrà mai dire veramente cosa è stato. Né si potrà capirlo.»

«Allora Piero, come facciamo a stare qui a parlarne?»

«La testimonianza è solo di una parte delle vittime, quelle che si sono salvate. Ma tutti gli altri? Non sapremo mai che cosa avrebbero detto.»

Lascio che si prenda tutto il silenzio che vuole. Mi sfilo l'orologio e lo poso sul tavolo, girato verso il muro, che non stia a dirmi quanto tempo abbiamo.

Piero si volta verso la terrazza e continua: «Ho detto che è difficile raccontare i particolari dell'orrore, e siamo in tanti a non aver raccontato tutto fino in fondo. Ma c'è chi lo ha fatto, è stato scritto.»

Prendo nota per quanto posso di ciò che dice, perché so già che tra poco smetterò di scrivere. Non si può ridurre tutto a poche frasi scarabocchiate.

«C'è anche chi non ha mai raccontato niente a nessuno, neppure ai figli. E tu sai quanto in questi ultimi anni mi sono adoperato perché ciascuno portasse il suo contributo. Ogni testimonianza è preziosa, preziosissima.» Si volta verso di me e accenna un piccolo sorriso. Solo per incoraggiarmi, lo so.

«Ciascuno ha vissuto il lager in maniera diversa, pensa alla differenza tra chi era stato deportato da solo, e chi con tutta la famiglia.»

«In entrambi i casi si rimaneva soli, no? Le famiglie erano divise. A te è successo così» gli dico io.

«Sì, ma a volte poteva succedere di rimanere insieme ai fratelli, o al padre. O di ritrovare nel lager parenti, zii, cugini. Sapevamo che i nostri familiari erano morti. E chi lo sapeva si lasciava andare, non reagiva. Finiva per morire.»

«Si lasciava morire. Ho letto che questi prigionieri erano chiamati "musulmani" dagli altri.»

«Perché si trascinavano, camminavano a testa bassa come se pregassero sempre.»

«I lager hanno creato un loro linguaggio. Pazzesco.»

Mi fissa dritto negli occhi. «Già.»

Torna a guardare a terra e continua a raccontare. «A Fossoli avevo conosciuto un ragazzo di Pisa, Renzo Roccas.»

«Aveva la tua età? Siete diventati amici?»

«Sì, da subito. Fu un'amicizia profonda. Era figlio unico, era lì con suo padre Mario e la madre. Poi ci ritrovammo ad Auschwitz, era riuscito a rimanere con il padre. A settembre Mario fu trasferito in un altro campo e Renzo rimase solo. Era disperato, non ebbe la forza di reagire. Morì a ottobre.»

«E suo padre?»

«Ho saputo proprio di recente che fu trasferito da Auschwitz insieme a mio fratello Cesare. Morì anche lui, nei primi giorni di dicembre, a Echterdingen.»

Lo riporto sul binario che voglio percorrere: «Piero, non vuoi parlarmi di quello che va oltre? Dell'orrore. Se vuoi provarci, ti ascolto.»

«Ci sono cose che non si possono raccontare, te l'ho detto più volte. È una questione di pudore.»

Non insisto, capisco che non porterebbe a nulla. Lui si sente in dovere di darmi spiegazioni, sento che si apre sempre di più.

«Io penso sempre che chi ascolta possa dubitare di fronte a certe cose. Se mi accorgessi che è così, se leggessi negli occhi di chi mi è di fronte il dubbio...»

Allora impazzirebbe. Allora avrebbero vinto loro. Mi faccio coraggio. «Hai mai visto negli occhi di qualcuno questa incredulità?»

«Sì, è successo.»

Mio Dio, ecco perché non ha parlato per quarant'anni.

«Quando sono tornato ho cercato di raccontare. Ma subito mi sono accorto che negli occhi della gente c'era un senso di fastidio.»

«Fastidio?»

«Sì. Paragonavano quanto dicevo alle loro sofferenze, mi dicevano che anche loro avevano sofferto. Che la fame è fame, la paura è paura.»

«Ma era inevitabile, no? Come avrebbero potuto capire che ad Auschwitz tutto era diverso? Ci vuole tempo per elaborare una strage così grande.»

La luce del sole entra dalla finestra. Smetto di prendere appunti.

«Beviamo qualcosa?» gli dico avvicinandomi. Gli poso una mano sulla spalla.

«Ma sì, per oggi basta. Ananas?»

Sorrido, è il nostro gusto preferito. «Ananas va benissimo.»

Si allontana verso la cucina. «Piero!» grido dal salone, ma temo che non possa sentirmi. «Piero! Ti voglio bene.»

Non mi sente, ma non importa. Mi siedo sul divano e aspetto che torni.

XIV

Rimango a fissare gli appunti del giorno prima e aspetto che si sieda davanti a me per continuare. È una bella giornata di sole, l'aria è calda, abbiamo aperto tutte le finestre e un vento leggero entra a sollevare le tende e i fogli appoggiati sul tavolo.

Mi sono svegliata presto e ho comprato due pasticcini per fare colazione insieme. Pieni di panna fino a scoppiare, come piacciono a lui.

«Dimmi, dimmi pure» comincia lui, perché sa benissimo che potrei aspettare per ore il momento di iniziare, senza avere la forza di fare la prima domanda.

«Piero, ti senti in colpa per essere sopravvissuto?» Entriamo subito nel vivo del discorso, inutile girarci intorno.

«Sì, lo so che a sopravvivere non sono stati i migliori e che tutto è stato casuale. Ma poi tutto è stato davvero casuale? Voglio dire, forse alcuni sono stati più abili, più scaltri, svelti. Certo, tra quelli che non sono stati selezionati subito per il gas.»

Mi guarda negli occhi, serio. «Si parla molto del senso di colpa del sopravvissuto. Ma se fossero gli altri a farci sentire in colpa? Ti ho già detto ieri degli incontri con i parenti dei deportati che non sono tornati, e non solo. Quella domanda, "Come hai fatto tu a salvarti?" mi viene rivolta spesso ancora oggi, e mi fa sempre star male. È normale che abbia pensato e che pensi a quello che molta gente, certo migliore di me, avrebbe potuto dare all'umanità se fosse sopravvissuta.»

Fa una pausa, poi continua. «Grandi scienziati, artisti, letterati. Penso ai miei fratelli, a quanto avrebbero meritato di vivere. Io sono sopravvissuto ma non ho preso il posto di nessuno. È andata così e basta.»

Non mi lascia replicare. «Se avessi rubato il pane a qualcuno, allora sì che potrei sentirmi in colpa, anzi, sarebbe un pensiero che difficilmente avrei superato. Ma non l'ho mai fatto. Non mi è nemmeno mai venuto in mente di farlo.»

«Tu ne sei uscito. Come puoi non esserne fiero, in un certo senso? Loro ti volevano morto, volevano che non esistessi più. Come si fa a conciliare la colpa con la fierezza?»

Il suo sguardo si fa duro. Punta i gomiti sul tavolo, la luce lo illumina da dietro e il volto è in penombra.

«Erika cara, ma di cosa dovrei andare fiero? Se ne sono uscito vivo non è stato certo per merito mio, ma solo per una serie di circostanze assolutamente indipendenti dalla mia volontà. Sì, certo, non volevo morire. Perché a quindici anni si vuole vivere malgrado tutto.»

Tiene lo sguardo fisso su di me, continua.

«C'è una cosa che mi angoscia ancora. Che non riesco a togliermi dalla testa.»

«Dimmi.»

«Vedi, nel lager mi ero reso conto della catastrofe che mi aveva colpito, sapevo che i miei genitori erano morti, che il nonno era morto, lo zio era morto. Poi ero stato separato da Cesare, che era stato trasferito in un altro lager. E di lui non sapevo più nulla.»

«Tua sorella Anna? Cosa sapevi di lei?»

«L'avevo vista e avevo parlato con lei per due volte, una volta solo per pochi attimi.»

«Lì ad Auschwitz?»

«Sì, attraverso il filo spinato e la Lagerstrasse che divideva il campo femminile da quello maschile.»

«E lei... com'era? Cosa vi siete detti?»

«Mi sono accorto subito che non stava bene. Era dimagrita tantissimo. Anna era così bella... Parlammo dei nostri fratelli, le dissi che stavano bene. Continuavo a chiederle come stava e alla fine mi disse che i denti le stavano cadendo tutti.»

«Quanti anni aveva?»

«Ventitré.»

Il mio sguardo si posa sul ritratto che gli ho regalato mesi prima. Ricordo i tratti di Anna, ricordo com'è stato bello disegnare le linee del suo volto, scurire le labbra, i capelli mossi e folti.

Piero mi riporta qui.

«Per tutto questo, per l'amore che avevo nei confronti di tutti loro, avrei dovuto essere disperato. Ma non è stato così.»

Si lascia andare per un attimo, la voce si fa calda, commossa.

«Ero così preso, in ogni momento della giornata, dalla lotta per sopravvivere che non pensavo più a loro. O almeno, così mi sembra.»

«Non puoi fartene una colpa, Piero. È stata una reazione istintiva. Se avessi pensato a loro, a cosa era successo ai tuoi familiari, ti saresti lasciato morire.»

«Sì. E per avere qualche possibilità di sopravvivere mi sono dovuto dimenticare di tutti. Prima mi hai chiesto se sono fiero per avercela fatta. Posso essere fiero di questo?»

«Ma ne sei uscito!»

«È di questo che a volte sento il peso, il rammarico. Non la colpa.»

«Non ci si può sentire in colpa per non aver ceduto ed essere rimasto aggrappato alla vita. E tu hai fatto questo, Piero.»

Com'è difficile stare qui di fronte a lui. Fingere di essere forte, capace di reggere il momento. Di esserne all'altezza, quando invece vorrei solo piangere perché non riesco proprio a capire come si possa arrivare a ridurre un uomo in quello stato.

«Ricordati di una cosa» mi dice, mentre la sua mano viene a stringere la mia. «Ricordati che ad Auschwitz il caso ha regnato sovrano. Tutto era dovuto al caso. Non era importante essere più scaltri, svegli, agili. O lo era fino ad un certo punto. Ma poi... quanti se e quanti ma! Pensa alla storia di Sami. Se quel giorno non fossero arrivati tanti trasporti dall'Ungheria, se non fosse arrivato un treno di patate, se fosse arrivato prima che le squadre di prigionieri uscissero per il lavoro, se a quella SS non fosse venuto in mente di andare ai crematori per formare una squadra. E potrei ancora continuare con i se.»

Mi fa segno che basta, per oggi basta così. Chiudo il quaderno e metto via la penna. Fuori c'è un bel tramonto, mi alzo e gli chiedo di seguirmi.

Mi stringe la mano, forte, anche troppo, come per dirmi qualcosa nel linguaggio delle mani. Che forse è il più diretto, il più sincero.

XV

Il potere di un aroma è sottovalutato. Supera il tempo e la ragione e arriva dritto ai sensi, riesce a scuoterli, ti lascia in balia di un'emozione che sfugge alle definizioni.

Un'emozione sepolta da immagini e suoni come una fotografia sotto una pila di libri.

Ho chiesto a Piero di raccontarmi della liberazione di Auschwitz attraverso gli odori.

E lui me ne ha parlato così, con il profumo dei pomodori pelati e dei fagioli cotti, con quello della neve sporca e della terra bagnata.

Mi ha detto che nessuno aveva la forza di gioire e che il semplice fatto di essere liberi era un motivo ancora troppo debole per portare anche solo un sorriso su uno dei loro volti.

Liberi da che cosa, poi? «La libertà non è un dono di Dio» mi ha detto una sera al telefono. «È un prodotto dell'uomo in relazione agli altri uomini.»

Mi sono fermata a pensare alle sue parole. Se fosse un dono di Dio, nessuno potrebbe toglierla a un altro. Gli ho chiesto se si sente libero.

Mi ha risposto sicuro, deciso. Si sente pienamente libero. Ma senza dignità.

Trascinare il cadavere di una donna per le braccia, lungo le scale, e vederle sbattere la testa a ogni gradino, o implorare con lo sguardo un uomo che non parla la tua lingua, che non ti considera degno della vita che hai, solo perché affondi il mestolo nel bidone della zuppa e te ne dia di più.

Passare ogni giorno davanti agli stabilimenti dove entrano file di gente e non esce mai nessuno e non sapere se stavolta è lì che stanno portando anche te.

Veder morire il tuo amico che il momento prima era vivo, camminava vicino a te e sognava di poter tornare a casa, un giorno.

Vedere tutto questo e sognare di poter tornare a casa, un giorno.

Quella frase, "Non perdere mai la dignità di essere umano", che suo padre gli disse al Regina Coeli, con la voce di un uomo che sa cosa si prova a essere guardati in modo diverso, non lo abbandona mai.

«Io quella dignità l'ho persa. Ma dopo qualche mese lì non c'erano persone. Eravamo tutti animali» mi ha detto, gli occhi verso il pavimento, le mani ferme sul tavolo del salone. «Avevano oltrepassato i limiti i soldati, i kapò, ma anche noi prigionieri. Non posso spiegarti cosa significa aver fame. Quando un uomo sta morendo di fame farebbe di tutto per avere anche solo un po' di zuppa in più.»

Togliere la dignità, ridurre al puro stato di bisogno. Poi si decide di voler morire. Che la morte è la via migliore per liberarsi veramente.

Chissà, forse un mese in più e anche Piero si sarebbe lasciato andare. E avremmo perso un'altra voce, una storia che non sarebbe mai stata scritta.

Se lo ricorda, il volto del soldato vestito di bianco che ha aperto la porta del block dove si trovava.

«Era tutto bianco, come la neve. Capii che era russo.»

Sarà stato un ragazzo. Piero pesava trentotto chili.

Ho visto una fotografia scattata dagli aerei americani nel 1944, sopra il campo di Auschwitz-Birkenau. Il fumo delle fosse aperte vicino ai crematori si distingue bene. Non può essere che fumo.

"Ma perché ci avete messo tanto?" gli ho letto negli occhi, quando ne abbiamo parlato. "Perché avete lasciato bruciare delle persone senza fare niente?" La sua domanda. "Sarebbe bastato un bombardamento. Sarebbero morti i prigionieri, ma almeno i forni non avrebbero più funzionato. O prima, quando i treni bestiame passavano le Alpi diretti verso la Polonia. Far saltare i binari avrebbe interrotto la strage, anche solo per un po'. Ma nessuno ha fatto nulla, questa è la realtà."

Non c'è modo di continuare il racconto, forse la rabbia è troppa. Me ne rendo conto e lo lascio in silenzio finché non si apre in un sorriso. Nasconde tutto così, lo sa fare bene ormai. Riesco quasi a crederci.

Niente da dire a nostra discolpa. O forse sì, le battute del copione le ho imparate anch'io.

Seduta sul suo divano basso e morbido, con un cuscino tra le braccia e il bicchiere di aranciata sul tavolo, in attesa, già decisa a lasciarlo lì almeno fino al momento in cui non servirà fare un gesto qualsiasi per spezzare il silenzio e l'imbarazzo, gli chiedo cosa si ricorda del giorno in cui i russi sono arrivati a Birkenau.

«Il 27 gennaio, giusto?»

Piero ha già il suo bicchiere in mano. «Sì, il 27 gennaio del '45.»

«Cosa ti ricordi di quel giorno? Parlami anche dei rumori, degli odori.»

Posa l'aranciata sul tavolo di fronte a sé.

«L'artiglieria russa si sentiva in lontananza ormai da tempo. La sentivamo tutti, anche i tedeschi. In noi cresceva la speranza e in loro la paura. La Germania stava perdendo la guerra.»

«In che zona del campo eri in quel periodo?»

«Io mi ero ammalato, fui portato all'ospedale.»

«Il Ka-be?»

«Sì, lo chiamavano così. Nessuno si preoccupò di curarmi perché tutti erano presi dal pensiero della liberazione, che sarebbe potuta avvenire da un momento all'altro. Lì incontrai Leo.»

«Siete rimasti insieme finché non sei uscito?»

«No, solo per qualche giorno. Poi fu rimandato nel lager, mentre io dovetti rimanere in ospedale. Quando tornai nella baracca non ebbi più notizie di lui.»

«E dov'era?»

«Non l'ho mai saputo. Forse morì durante la marcia della morte. Qualcuno mi disse che aveva tentato la fuga, ma dove poteva arrivare in quelle condizioni?»

Si prende un attimo per bere un sorso, poi mi fa cenno di continuare.

«Ti ricordi quando le SS hanno abbandonato il campo?»

«Nel gennaio del '45, non prima di aver fatto saltare i crematori di Birkenau e di aver bruciato registri e documenti.»

«E i prigionieri?»

«Le SS organizzarono queste marce per trasferirli di lager in lager, sempre più verso l'interno della Germania. Morirono a migliaia, rimasero lungo i bordi delle strade.»

«E tu? Sei partito con una di queste marce?»

«Sono rimasto nel campo fino al 22 gennaio, i tedeschi erano scappati qualche giorno prima. C'era la neve, faceva un freddo terribile e cercavo di riscaldarmi come potevo, con i pezzi di legno che trovavo in giro. Poi nel primo pomeriggio del 22 le SS tornarono e costrinsero i prigionieri rimasti ad uscire dal campo.»

«Evacuarono tutto il lager?»

«No, chi non riusciva a camminare doveva mettersi da parte e poi sarebbe stato portato via con i camion.»

«E tu cos'hai fatto? Mi hai detto che eri uscito dall'ospedale, pesavi trentotto chili...»

«Mi sono chiesto cosa era meglio fare, se rimanere o andare con loro. Ma non c'era il tempo di fermarsi a riflettere. Mi misi nella colonna di chi aveva deciso di continuare con le proprie gambe.»

«Eravate molti?»

«Forse duecento. La colonna avanzò e dopo un centinaio di metri sentimmo una scarica di mitra alle nostre spalle. Non l'ho visto con i miei occhi, ma penso che chi aveva scelto di rimanere sia stato ucciso così.»

«Anna dov'era?»

«Forse a Bergen-Belsen. E morì subito prima o subito dopo la liberazione.»

«Lo zio che era stato deportato con la tua famiglia?»

«Zio Amedeo? Fu scelto per il gas in una delle prime selezioni.»

«E Cesare?»

«Mio fratello fu trasferito a Danzica nell'ottobre del '45 e poi a Echterdingen, vicino Stoccarda. È stato Nedo Fiano a raccontarmi le sue ultime ore. Erano insieme.»

Mi dice che Nedo aveva una bella voce e le SS a volte lo facevano cantare promettendogli qualcosa da mangiare. Lui cantava e loro si commuovevano.

Una sera fu chiamato per allietare la serata dei soldati e disse a Cesare che sarebbe tornato nella baracca con qualcosa anche per lui.

Quando tornò lo trovò morto.

«Nei primi giorni i militari sovietici non ci diedero nessuna assistenza, se non da mangiare. Tutti stavamo male, il cibo era troppo per noi che non riuscivamo a trattenerci. Io ero uno tra quelli che ancora si reggevano in piedi, ma se tu avessi visto quanti si trascinavano sul terreno... continuavano a morire ogni giorno.»

Il telefono squilla, ma Piero lo lascia suonare.

«Quando i russi vi hanno portato via?»

«Chiamiamoli russi, ma erano soldati di ogni nazionalità dell'Unione Sovietica. A chi come me aveva un po' di forze chiesero di collaborare per sgombrare il campo e le baracche dai cadaveri. Ricordi quando te l'ho raccontato? L'ho fatto insieme a Sami. Dopo alcuni giorni, non so dirti quanti perché avevo ormai perso ogni cognizione del tempo, ci trasferirono con i camion a Katowice.»

«È molto distante da Auschwitz?»

«Credo una quarantina di chilometri. Poi fecero circolare la voce che chi voleva poteva seguire le truppe sovietiche che avanzavano velocemente verso ovest.»

«Sami era con te. Chi altro c'era?»

«Sì, c'era Sami e c'era tutto il gruppo di Primo Levi. Scegliemmo la marcia per il rimpatrio e ci portarono sempre verso ovest, fino a Glivice. Lì facemmo una sosta e poi continuammo per altri chilometri. Eravamo arrivati nelle immediate retrovie del fronte e i russi pretendevano che dessimo una mano a scavare delle trincee.»

«Pazzesco. E l'avete fatto?»

«Io ero già debilitato dalla malattia, persi conoscenza e crollai. Gli altri chiesero soccorso ai russi, che mi caricarono su un carretto trainato da un cavallo e mi riportarono fino a Glivice in un ospedale militare.»

«Ti sei separato da Sami quel giorno?»

«Sì, lui è rimasto con gli altri. Solo quando sono tornato, ho capito che i miei compagni erano convinti che non potessi farcela. Invece nell'ospedale mi fecero una ipodermoclisi per reidratarmi. Con la diarrea mi ero quasi completamente disidratato.»

«Quanti giorni sei rimasto in ospedale?»

«Non te lo saprei dire. Ma le cure furono efficaci, forse più per il fatto che avevo sedici anni che per altro. Credo di averti già raccontato che lì dopo tanto tempo, riuscii a piangere.»

Faccio segno con la testa che sì, me lo aveva raccontato. Me lo ricordo bene.

«Evidentemente stavo riprendendo un po' di forze e con queste la coscienza di quanto mi era accaduto. Mi tornava alla mente tutto quello che avevo vissuto nel lager. Mi coprii con un lenzuolo e piansi in silenzio. Sentivo che c'era gente accanto al letto, qualcuno mi toccò una spalla. Rimasi così per un tempo interminabile. Poi mi portarono alla stazione, non ricordo con quale mezzo. Lì c'era un treno attrezzato come un ospedale e dopo un paio di giorni di viaggio arrivammo a Lvov, dove rimanemmo solo per alcuni giorni. Sempre con il treno-ospedale arrivai poi a Soci e tutti i malati e i feriti furono trasferiti in vari ospedali. Pensa che a Soci erano attivi 187 tra ospedali e sanatori.»

«Tu dove sei stato mandato?»

«Al sanatorio Pravda, con altri dieci militari. Era il 16 marzo del '45, me lo ricordo bene perché quello è stato il giorno in cui ho visto per la prima volta Lida Grinswald.»

«La ragazza di cui ti sei innamorato... Parlami di lei, racconta.»

«Fummo presi in consegna da un gruppo di infermiere che con modi decisi e col sorriso sulle labbra ci denudarono completamente e ci misero sotto le docce. Sarà stato un caso, ma da me venne Lida. Mi vergognavo di farmi vedere nudo e cercavo di coprirmi con le mani le parti più intime, e Lida rideva, ma era anche molto professionale e mi spostava le mani. Quando ci diedero la cena me la ritrovai vicino, voleva aiutarmi a mangiare. E mi parlava.»

«Ma tu non sapevi il russo!»

«No, ma ad Auschwitz c'erano molti cittadini sovietici civili e militari. Alcune parole essenziali le avevo imparate, ma certo non abbastanza per poter fare conversazione. Però avevo imparato a leggere i caratteri cirillici e questo è stato essenziale per riuscire ad imparare la lingua in breve tempo. Ti ho detto che tutto questo avvenne il 16 marzo. La mattina del 17 trovai nel salone dell'ospedale alcuni giornali russi e lessi una notizia che veniva da Pym, Roma. Decifrando alcune parole ricostruii la frase: avevo letto "Badoglio", "ambasciatore", "Moskwà", e così interpretai le poche righe che dicevano che il governo Badoglio aveva nominato l'ambasciatore a Mosca nella persona di Pietro Quaroni. Andai subito a cercare Lida, che già avevo scelto come mio punto di riferimento. Le feci leggere l'articolo e cercai di farle capire che volevo scrivere una lettera all'ambasciatore. Mi procurò subito carta e penna.»

«Cos'hai scritto a Quaroni?»

«Raccontai i fatti vissuti in modo molto schematico, gli dissi che ero solo e che non potevo scambiare parola con nessuno perché non conoscevo il russo. Lida si occupò della busta, ma non avevamo l'indirizzo, così scrisse soltanto "Ambasciata Italiana – Mosca".

La risposta arrivò una mattina di aprile. Rientrando nella sua stanza, Piero trovò sul comodino un foglio strappato da un libro su cui erano scritte delle parole in russo. Gli dissero che era un telegramma, ma lui pensò si trattasse di uno scherzo di qualche compagno che sapeva della lettera spedita all'ambasciata.

«Andai da Lida: mi disse si trattava veramente di un telegramma firmato dall'ambasciatore Quaroni. Diceva di stare tranquillo, che avrebbe mandato una lettera a breve. E dopo alcuni giorni la lettera arrivò, con lo stemma e l'intestazione dell'ambasciata italiana. Mi diceva belle parole di incoraggiamento, di aver fiducia, perché un giorno mi sarei ricongiunto con la famiglia. Sarebbe voluto venire a trovarmi, ma la distanza e gli impegni glielo impedivano. Assicurava che il sanatorio dove ero ricoverato era di alto livello e mi chiedeva se avevo qualche desiderio che poteva esaudire. Gli risposi che il mio desiderio era tornare in Italia e che mi sarebbe tanto piaciuto avere qualche libro da leggere. Dopo qualche tempo arrivò un pacco di libri: testi di propaganda e la costituzione dell'Unione Sovietica. In un'altra lettera mi diceva di tenerlo sempre informato sulla mia salute e sui miei spostamenti.»

«Com'era il sanatorio, te lo ricordi?»

«Mi ricordo che nel salone su una parete c'era una enorme carta geografica dell'Europa, da una parte un bidone con il tè sempre caldo, e la mattina un altro pieno di latte. C'erano tavoli, sedie e sedili di ferro laccato bianco. Tutti i giorni mi fermavo davanti alla carta geografica e immaginavo il viaggio di ritorno con tutte le possibili varianti. Molte località le avevo già imparate a memoria prima della deportazione, seguendo con papà l'andamento della guerra. Quando indicavo Roma come punto di arrivo gli altri compagni che stavano lì a guardare dicevano: "Ma proprio Roma?" Come se Roma fosse il centro del mondo!»

«Cosa facevi durante il giorno?»

«Spesso venivano organizzate conferenze su vari argomenti. Ricordo che una sera venne una signora a parlare della malaria e parlò anche delle paludi pontine. Allora io le dissi che ero di Roma e che erano state bonificate. Volle sapere come mai ero finito in Russia. Mi ricordo molto bene perché ero emozionato del fatto che si parlasse dell'Italia e proprio per questo quella conferenza mi interessò molto. Quasi tutte le altre erano di pura propaganda sovietica e non ci andavo mai.»

Voglio sapere ancora qualcosa sull'infermiera. Insisto, e Piero si illumina.

«Parlami ancora di Lida: come ti sei innamorato?»

«Il legame con lei si faceva via via più stretto. Cominciavo a sentire il bisogno di starle vicino, anche perché era la persona che mi capiva meglio. Quando aveva un po' di tempo veniva a cercarmi ed era sempre molto affettuosa. Mi correggeva se sbagliavo le parole e me ne insegnava sempre di nuove, io mi sforzavo di leggere i giornali per imparare, così in poco tempo arrivai a capire quasi tutto, tanto che, mi ricordo, un giorno cominciai a parlare con un ufficiale ricoverato lì che mi disse: "Dal tuo accento non riesco a capire da quale parte dell'Unione Sovietica vieni"!»

Chiedo se Lida era di Soci.

«Era ucraina. Nata e vissuta a Vinniza. Non ricordo se si era trasferita a Soci o l'avevano trasferita lì, ma comunque è stata fortunata perché gli ebrei dell'Ucraina furono tutti sterminati dai nazisti con la collaborazione degli stessi ucraini. Lida mi diceva che non pensava di tornare a Vinniza, perché c'era un antisemitismo feroce, mentre a Soci aveva trovato un ambiente diverso.»

«Era ebrea anche lei, quindi. Dove abitava?»

«In una casa prefabbricata, avevano dovuto costruire in fretta alloggi per coloro che arrivavano da altre zone colpite dalla guerra, soprattutto per i dipendenti degli ospedali, visto che era quella l'attività principale della zona. L'ospedale si trovava a mezza costa, a quattro o cinque chilometri dal centro di Soci, verso sud, sulla strada che porta al confine con la Georgia. La casa di Lida e della sua mamma non era molto distante, solo più in basso e più vicino al mare. Era molto modesta, due stanzette, un angolo con la cucina a carbone ed un piccolo bagno. Quando era di riposo, spesso andavo a trovarla a casa e la mamma era sempre lì.»

«Raccontami un po' di lei, di voi.»

«Avevo cominciato a uscire dall'ospedale per brevi passeggiate, prima con altri compagni e poi anche con lei. Non avevamo vestiti e indossavamo una vestaglia sopra il pigiama. A me, sicuramente grazie a lei, ne era stata data una blu di panno leggero che era quella in dotazione agli ufficiali. Quella dei soldati di truppa era avana, di un tessuto diverso. Soci è piena di fiori meravigliosi, di rose, di gigli profumatissimi, di orchidee. Li raccoglievo e li portavo a Lida, che mi ricompensava con i suoi baci. Poi la ascoltavo suonare il pianoforte, all'ospedale. Era molto brava e conosceva alcune canzoni napoletane che mi insegnò in russo. Mi ricordo che per *O' sole mio* discutemmo a lungo, perché lei diceva che nel finale della canzone io toglievo una nota: non voleva proprio capire che invece era la versione russa ad essere sbagliata! Per far combaciare il testo con la musica avevano aggiunto loro una nota.»

«Quando avete capito di essere innamorati?»

«Stavamo bene insieme e cercavamo di incontrarci in ogni momento possibile. Cominciò l'amore... ma forse il fatto di stare così bene insieme era già amore. Un pomeriggio in cui lei era di riposo andai a cercarla a casa. Era sola, sua madre non c'era. Parlammo, scherzammo anche, poi Lida si mise seduta sul bordo del letto e mi invitò a sederle accanto. Ci abbracciammo e tutto fu così naturale... Facemmo l'amore. Per me era la prima volta.»

Sorrido. Piero è stato il primo a cui ho raccontato di aver conosciuto l'amore. Ci guardiamo con tenerezza.

«Come facevate per incontrarvi? Hai detto che viveva con la mamma.»

«Non fu difficile trovare un luogo appartato all'interno dell'ospedale. Del resto non eravamo l'unica coppia in cerca di un rifugio. Naturalmente non era possibile nascondere il nostro legame, ma all'interno dell'ospedale nessuno, almeno a me, disse qualcosa, eccetto qualche ricoverato che faceva dell'ironia. Però i pettegolezzi correvano, perché un giorno uscimmo per una passeggiata in un viottolo che costeggiava un altro ospedale, camminavamo tenendoci per mano e all'improvviso comparvero sul balcone cinque o sei infermiere che cominciarono a fischiare.»

«A fischiare? Perché?»

«Forse disapprovavano il fatto che una ragazza ormai grande stesse con un ragazzo più giovane, e avevano preparato la contestazione. Lida rispose con una parolaccia: era la prima volta che la sentivo esprimersi in quel modo.»

Mi faccio coraggio e arrivo alla domande che volevo fargli da tanto tempo.

«Ma perché non l'hai sposata?»

«Un giorno che non era al lavoro andai a cercarla a casa. Non c'era, ma sua madre mi disse: "Lo sai che Lida ti vuole bene?": "Lo so" risposi, "anch'io le voglio bene." Allora lei mi disse: "Perché non resti qui?" È più o meno la tua domanda. Ma rientrando in Italia speravo di ritrovare qualcuno della mia famiglia. Ecco perché.»

Gli chiedo di raccontarmi dell'addio, dell'ultima volta che l'ha vista. Ne parla come se fosse ieri, quasi vedesse ancora quel momento. A metà luglio era ormai guarito, i medici decisero il giorno in cui dimetterlo.

«Eravamo d'accordo con Lida di incontrarci in una sala al piano di sopra, dove c'era una grande finestra che si affacciava sul mare. Quando arrivai, lei era già seduta su uno dei sedili laccati di fronte alla finestra, aveva un fazzoletto in mano e si asciugava le lacrime. Prima che potessi dirle qualcosa, disse che piangeva perché il direttore l'aveva rimproverata per una lite con una collega e il rimprovero era ingiusto. Ci abbracciammo. Promisi che l'avrei cercata, se fossi rimasto a Soci. Poi arrivò un autobus che faceva il giro di tutti gli ospedali per raccogliere i militari guariti e portarli al distretto. Lì sarebbero stati congedati o arruolati.»

«E tu dove sei stato portato?»

«Al distretto militare, come gli altri. E fui arruolato. Poi... la storia è lunga, magari ne parliamo un'altra volta.»

«Hai rivisto Lida?»

«Incontrarla era difficile, feci qualche tentativo approfittando del passaggio di qualche mezzo militare che andava a sud. E poi non potevo più entrare nell'ospedale. La vidi solo due volte, a casa sua.»

XVI

Quando è morta nonna, è stato uno dei primi a telefonarmi. Mi ricordo ancora le sue parole, anche se sono ormai passati quattro anni: «Anche la morte fa parte della vita.»

Sì, è così, ma non riesco proprio ad accettarlo. «È una questione di abitudine» mi dice sempre, «con gli anni capirai cosa voglio dire.»

Non sono il tipo di persona che riesce a concepire l'abitudine all'assenza di qualcuno.

Forse semplicemente io non sono abbastanza forte per riuscire ad accettarlo. Da dove viene questa spinta interiore che muove ogni suo gesto?

Mi sembra assurdo, ma Piero è più forte di tante altre persone, me compresa.

Vive il suo dolore con coraggio e non penso sia fragilità alzare sipari quando le lacrime spingono per uscire allo scoperto. Quando vorrebbe piangere ma fa di tutto per contenersi.

Ci si abitua anche al dolore, dopo sessant'anni?

Forse rimane il peso, il fardello di un'assenza ingiusta che grava sulle spalle ogni giorno. Dopo quanto tempo si smette di far caso a un dolore in una qualsiasi parte del corpo, che so, un dolore alla spalla? Potrebbe essere più o meno la stessa cosa.

Eppure non lo si dimentica perché è scomparso: si affievolisce nella nostra mente proprio perché ha sempre la stessa intensità e non diminuisce col tempo.

Sì, è come dice Piero, ci si abitua. La vita continua la sua corsa e porta con sé anche i massi pesanti ancorati al terreno.

Oggi non piango più per l'assenza di nonna. Solo tre anni fa mi sembrava impossibile svegliarmi la mattina senza che venisse a trovarmi. L'ho accettato. Non può essere diversamente che così. Ma nonna non è stata uccisa da qualcuno.

Se fosse andata così, sarei riuscita a sopportarlo? Piero ha perso tutta la sua famiglia e non ha tombe su cui placare i momenti di smarrimento. Ed è lui ad insegnare a me che il dolore si sopporta col tempo e la morte fa parte della vita. Assurdo.

XVII

Metropolitana affollata. Difficile non lasciarsi stordire dalla massa di voci e suoni, di odori. Un bambino piange.

So già dov'è andata la mia testa, tento di richiamarla al presente, ma non ne vuole sapere.

Il paragone è semplice, nasce involontario. Mi tengo al palo cercando di non immaginare di dover rimanere in quel vagone per giorni. Senza meta.

Senza luce.

Senza acqua.

Senza potersi sedere.

Senza mangiare.

Senza bere.

La testa gira, si chiude in un torrente di pensieri e di immagini sbiadite, mentre il miscuglio di colori stridenti che mi circonda si fonde in un'unica massa. Chiudo gli occhi.

Mi chiedo come fa Piero a non sentirsi male, quando sale in metropolitana.

La fermata dissolve i miei pensieri, perdo l'equilibrio e quasi cado. Devo scendere.

Cammino tra la gente, stordita dal caos del traffico, mentre riconosco i pensieri di poco prima.

Li sento ancora vagare in testa.

Quello che è successo dopo il viaggio dei carri bestiame non riguarda soltanto Piero e la sua famiglia, ma me, l'uomo che mi cammina davanti, la ragazza che vedo seduta sulla panchina.

Eppure loro continuano a vivere senza esserne turbati, senza che niente in apparenza dia un segno di consapevolezza.

Penso di gridare. Provo l'impulso di fermarmi e gridare a chi mi sta intorno che si può togliere la libertà di dormire, di sorridere, di amare.

Si può. La vita umana può essere ridotta a quello stato.

Come si fa a continuare, dopo?

Mi fermo, mi costringo a sedere sulla panchina, accanto alla ragazza che studia.

Chi avrebbe capito veramente cosa volevo dire, se mi fossi messa ad urlare?

Queste persone non hanno visto gli occhi di Piero.

La disperazione ha il rumore di qualcosa che cade a terra e si rompe.

È stato su un vagone merci per sette giorni e sette notti, prima di arrivare in Polonia. Un vagone per trasportare animali.

Sessantaquattro persone che non sapevano dove sarebbero state portate. Suo padre era con lui, il resto della famiglia su altri vagoni.

Basta, adesso chiamo la ragazza che studia e le dico che quel treno si è fermato a ogni stazione, a ogni piccola stazione, fino ad arrivare ad Auschwitz.

Le dico che Piero mi ha raccontato che i bambini piangevano. Che le mamme imploravano l'acqua per i figli. Urlando.

C'erano persone in quelle stazioni, dirò alla ragazza, guardandola dritto negli occhi. Persone che facevano finta di non sentire le urla. Che si giravano dall'altra parte. Nessuno disse qualcosa, guardavano appena. Lo sapevano, dove erano diretti quei treni?

«Tutto parte dall'indifferenza» mi ha detto Piero. «Mi sarebbe bastato uno sguardo di pietà da quelle persone. Solo uno sguardo.»

«Non ne hai avuti?» gli ho chiesto io conoscendo la risposta.

«Nemmeno uno.»

Sessant'anni fa in Europa gli ebrei ungheresi furono caricati sui treni e dai ghetti dell'est inviati ad

Auschwitz in convogli giornalieri, mentre oggi sono seduta su una panchina e vicino a me una ragazza legge un libro. Siamo serene, nulla ci turba, in apparenza.

Non c'è modo di smettere di pensare. Forse sbattere la testa contro il muro, magari stordirsi un po' per tornare alla realtà.

Mi stringo la testa fra le mani. Non c'è logica su questa terra. Nessun criterio a regolare l'esistenza.

"La vita ha un senso anche se noi non possiamo conoscerlo." Le parole di Piero escono dallo spazio in cui tengo i ricordi, mi arrivano dirette, quasi fosse qui a ripeterle ora.

Perché riuscire a intuire che un senso deve esserci, se poi coglierlo è impossibile?

La gente che mi passa davanti scorre via veloce, provo l'impulso di seguirla e perdermi anch'io, senza una meta, per il gusto di usare le gambe invece che la testa.

XVIII

Ho sempre osservato il tatuaggio di sfuggita, senza avere il coraggio di chiedergli di mostrarmelo. Lui avrebbe acconsentito, ma cosa sarebbe successo poi?

Piero avrebbe alzato la manica della camicia e me lo avrebbe mostrato.

E io come sarei riuscita a sostenere il suo sguardo mentre posavo gli occhi sulle cifre bluastre?

In quale espressione si sarebbe offerto il mio volto?

No, era troppo.

Nelle tante occasioni che ho avuto di guardarlo di nascosto sono riuscita ad osservarlo bene. Penso a come mi dà fastidio macchiarmi con la biro blu. Per quanto voglia lavarmi, il tratto rimane, lieve.

Ma poi sparisce.

Quella non è biro blu, ha un peso che affligge lo sguardo, quel blu resterà fino alla morte.

È stato quel tatuaggio l'unica cosa che lo ha seguito per tutto l'internamento, dal cancello alla liberazione, senza lasciarlo un attimo.

E anche dopo, nel ritorno alla vita. È lì e se ne andrà solo con la sua carne. A 5506.

Fa una smorfia, un mezzo sorriso, quando finisce di pronunciarlo in tedesco, pronuncia perfetta.

Io cerco di registrare quella smorfia impercettibile, so che vi si nascondono le bastonate, le botte prese prima di impararlo così bene. E altri mille ricordi che mai mi dirà.

Però mi regala quel mezzo sorriso, superficie di una dimensione che non riuscirò mai a varcare. Che non mi permetterà mai di varcare.

Certi gesti celano perfettamente la realtà. Non la rivelano, ma ne testimoniano l'esistenza.

La smorfia mi basta, in lei devo scavare.

Sono sola in casa, l'inverno è arrivato e un leggerissimo freddo mi costringe a mettere il maglione di lana celeste che non mi è mai piaciuto. Devo riconoscere però che è il più caldo, il più soffice.

Piero mi ha appena telefonato. Riconoscerei la sua voce tra mille. Non mi serve chiedere chi è quando chiama, sento che è lui da quella nota bassa e profonda della sua voce calda.

Metto un disco di Schumann per rilassarmi. Le

note si rincorrono, chiudo gli occhi e fingo di vedere le mani di un pianista che scivolano leggere sui tasti lucidi del pianoforte. Il pianista è curvo sulla tastiera e i capelli danzano coprendogli il volto. Non lo vedo, ma riesco a percepire quanta passione muove quelle mani dalle dita lunghe e delicate.

Ricordo quel pomeriggio, pochi giorni prima del viaggio in Giappone. La voce allegra di Piero mi salutava dal telefono e mi prometteva una cartolina.

Dissi che l'avrei aspettata con ansia, che avrei controllato ogni mattina nella cassetta della posta.

Quante volte ci è capitato di chiamarci nello stesso momento, o di pensare all'altro poco prima che telefoni.

"È perché siamo telepatici" mi dice sempre, con un sorriso. Ne è convinto.

E perché mai dovrei dirgli che non è possibile?

"Quando due persone sono unite da un forte affetto, in un certo senso possono percepirsi a vicenda, anche se sono lontane."

Ma sì, voglio crederci anch'io, non voglio razionalità nella nostra storia. Solo amore.

XIX

Seduta sul letto, aspetto che arrivino le cinque. Correrò alla stazione rischiando come sempre di arrivare in ritardo e vedere il treno che si allontana ironico, perso per pochi secondi.

Piero mi aspetta per andare insieme alla mostra. Modigliani.

Viaggio con la meta alle spalle, pensando a quando due giorni prima gli ho chiesto di andarci insieme e lui mi ha detto che da troppo tempo non andava più in posti come quello.

Ho sempre pensato che nei quadri guardiamo in faccia noi stessi. Per questo a volte non riusciamo a sostenere lo sguardo e abbassiamo gli occhi dal volto che ci sta davanti, tela e colore.

Adoro Modigliani, le sue linee gentili, il rosa tenue dei volti. Sull'autobus ascolto e insieme perdo le parole di Piero che felice mi racconta dell'ultima volta che è stato a una mostra, anni fa.

Lo vedo sorridere mentre Roma passa veloce dal finestrino e noi la guardiamo un po' innamorati di lei, un po' sognanti.

È una bella giornata, non voglio rovinarla; voglio vederlo sorridente fino alla fine.

Scendiamo tra la folla nervosa tenendoci per mano, restando vicini.

Mi racconta che Modigliani era parente di sua madre, cugino nipote figlio della zia o della cugina, che in soffitta avevano una tela con una donna dal collo lungo, e chissà che fine aveva fatto.

Prendiamo i biglietti, ci mettiamo in fila.

Amedeo ci guarda da una foto appesa all'entrata della mostra. Mi fermo ad osservare le altre; la madre, un amico. Piero è già nella stanza accanto, fermo davanti a una parete, assorto.

Guardo veloce le altre fotografie per arrivare da lui.

«È un suo amico» mi dice senza distogliere lo sguardo, «scappato a Parigi dopo essere sopravvissuto a un pogrom.»

Leggo la didascalia; Modigliani lo riprendeva sempre per i suoi modi rozzi. Era un pittore anche lui.

Capisco subito perché Piero si è fermato davanti a lui, perché lo guarda negli occhi.

Passa alla stanza accanto e io rimango indietro, silenziosa, a guardare ancora la fotografia.

Li conosco, quegli occhi vuoti e distanti, lontani dalla realtà. Li conosco bene.

XX

Giro per casa in cerca della matita che ho posato un attimo prima su un mobile e che adesso sembra scomparsa. Dove andranno a finire gli oggetti, quando spariscono da un momento all'altro? Nella mia mente nonna sentenzia che "la casa nasconde ma non ruba", mentre Erika bambina propone la tesi dei folletti dispettosi.

Dal foglio, Piero sorride a metà. Lo prendo in mano e rimango a guardarlo per un po'. Non ne sono soddisfatta. È qualche giorno che penso di andare a Roma e bussare a una porta. Chiedere se posso entrare per un attimo appena, che cerchino di capire, non è pazzia. Vorrei soltanto restare qualche minuto nella casa in cui Piero viveva prima di essere portato via. Magari la divisione delle stanze è ancora la stessa. Poi ringraziare e scusarmi per aver disturbato.

Nulla più.

Non mi faranno entrare, lo so. Salirò le scale e

rimarrò seduta sui gradini vicino al portone.

Mi avvicinerò piano, alzerò una mano per bussare e poi la lascerò ricadere, incapace di farlo.

Tante volte ho pensato che se fossi un regista ne farei la scena di un film: una famiglia riunita attorno al tavolo della cucina, la sera della Pasqua ebraica, che recita preghiere e spera di svegliarsi la mattina dopo e scoprire di aver sognato per moltissimo tempo.

Qualcuno bussa alla porta. Gli occhi di tutti si incontrano.

Piero me lo ha raccontato tante volte che ormai so quali parole userà per terminare la frase.

Anna si alza e va ad aprire. «Tornò in casa terrorizzata, i due soldati la seguivano.»

Se non si fossero riuniti per la Pasqua, Piero e i fratelli si sarebbero salvati?

Avrebbero saputo l'indomani che i genitori e il nonno erano stati portati via?

Se fosse andata così, Piero conoscerebbe Auschwitz soltanto per nome. Se. Se.

Chi li ha denunciati ha ricevuto cinquemila lire per ognuno di loro. Ho visto la luce dell'odio nei suoi occhi quando ne parliamo.

«Io non ci credo, che non sapesse dove ci stavano portando» mi dice sempre. «Quando siamo usciti dal palazzo due ragazzi in camicia nera erano ai lati della camionetta. Anna ne riconobbe uno, l'aveva seguita nel pomeriggio.»

Adesso provi un po' a dormire, caro signore romano che cacciava gli ebrei per guadagnare qualcosa. Si è arricchito? Ha passato i brutti anni della guerra senza sentire la fame?

Ma certo, l'ha fatto per la sua famiglia.

Forse le è capitato di vedere in televisione un uomo poco più giovane di lei, con gli occhiali e un numero tatuato sul braccio, negli ultimi tempi. Magari ha letto una sua intervista sui giornali.

Il cognome "Terracina" forse le dice qualcosa, ma non riesce a ricordare con precisione.

Guardi pure gli occhi di quell'uomo in televisione, senta cos'ha da dire. Magari la bella sorella la ricorda meglio. Purtroppo nell'intervista lei non c'è.

E neanche sua madre. Né suo padre. Né i fratelli, né il nonno e lo zio.

Che fortuna averne presi così tanti, essere tornato a casa con quarantamila lire tonde.

Dorma pure, se ci riesce. Piero non lo fa da tempo.

XXI

Vieni, siediti accanto a me. Guarda com'è bello il sole che scompare tra le montagne e le colora di arancio e marrone scuro. Vieni, liberati dei colori che porti dentro, che ancora mi nascondi.

Ci sono cose che non mi dirai mai, questo lo so. Le trattieni perché non riesci a raccontarle ad un altro? Non sai quante volte il loro pensiero ha occupato le mie ore.

Abbiamo parlato di dignità. Mi hai sempre detto a gran voce che non è la libertà che ti è stata tolta, ma la dignità. Che tuo padre lo aveva capito, e ti aveva chiesto proprio quello – i tuoi occhi diventano lucidi: "Non perdere la dignità di essere umano."

Te lo disse in carcere, a Regina Coeli, mentre aspettava di essere chiamato e portato via, per destinazione ignota.

L'hai persa quella dignità, Piero? È di questo che non mi vuoi parlare?

Non potrò mai spingere questo muro e spiare dall'altra parte. Forse è giusto così. Ma quanto è giusto che l'orrore rimanga a te?

Mi hai detto che non darai mai a me lo stesso peso che sostieni. Che non lo farai perché mi vuoi bene. Spegni le luci per amore.

Hai paura di farmi male, lo so. Lo vedo che quando mi racconti, dentro di te stai dicendo: "Non esagerare".

La vita che fai è tutta un "non esagerare". E allora affoghiamo nella cioccolata di Ida, che è così buona. E perdiamoci nelle marmellate che mia madre prepara per te.

È la teoria degli opposti, no? Ogni cosa si scaccia con il suo contrario. Dolce contro amaro.

Cioccolata contro dolore. Marmellata contro ricordi.

È un metodo che funziona, lo uso anch'io quando sono triste, con i bottoni. Apro la scatola e li spargo tutti sul pavimento, poi mi siedo e lascio scorrere lo sguardo su ognuno.

Li metto in fila per forma, per colore, ogni volta mi stupisco di quanto sono diversi e ne appare sempre qualcuno che non avevo mai visto prima.

Ti ricordi quando te l'ho raccontato? Eravamo in macchina, andavamo ad Arpino, parlavamo dei miei giochi di quando ero piccola e ti ho detto del mio amore per i bottoni, che adesso si è trasformato in un'utile tecnica antitristezza.

Tu hai rallentato, mi hai guardato. Dallo sguardo ho capito che sapevi di cosa parlavo. «Bottoni. Ma guarda il destino! Anche a me piacciono tanto. Ora che ci penso non te l'ho mai detto, ma ho diretto un'azienda di bottoni per anni.»

«Non me ne hai mai parlato» ti ho detto subito. Tu hai colto la mia curiosità e hai iniziato a raccontare.

«Quando tornai a Roma dopo la guerra, nel '46, iniziai subito a lavorare. Facevo il copialettere in una ditta di distribuzione alimentare. Una volta le lettere si scrivevano a macchina col nastro copiativo perché tutte quelle in partenza dovevano essere conservate in copia in un registro. Io non mi limitavo a copiarle, lì ho imparato tante cose. Ho imparato a scrivere correttamente, la terminologia commerciale, a conoscere gli articoli che l'azienda commerciava. Dopo un anno e mezzo divenni aiuto magazziniere e poi magazziniere. Nel '48 ero già rappresentante per l'azienda. La mia storia con i bottoni iniziò nel '65, quando un amico fraterno che aveva una fabbrica di bottoni mi chiese di lavorare per lui. Fu difficile lasciare l'azienda in cui lavoravo dal '46. Ricordo che chiesi consiglio al mio datore di lavoro, non avevo mai venduto bottoni, e lui stesso mi spinse ad andare. Mi disse: "Piero, sono sicuro che riuscirai. Sono convinto che se anche volessi vendere navi, riusciresti a farlo." Così iniziai a lavorare per il mio amico, ero in pratica il direttore commerciale e amministrativo, e lo rimasi fino al 1986. Mi piacevano i bottoni, mi sono sempre piaciuti!»

La vedi la linea che ci unisce? Prosegue parallela. I bottoni, la nostra piccola costante da sorridere.

Da quel giorno per me sei stato Piero l'uomo dei bottoni, che comprende l'amore segreto per quei piccoli punti di colore solido.

XXII

Aspetto che succeda qualcosa. Sono seduta sulla sedia davanti alla tivù, nel salone della casa di Piero, in attesa che la giornata prenda la sua direzione.

Alte pile di libri riposano sul tavolo davanti ai miei occhi. Vassoio con tre bicchieri vuoti. Succo d'ananas per me, acqua, limoncello.

Ho portato Dario, perché Piero lo conosca. Certo, sa già molto di lui, quasi tutto. Io e Piero parliamo moltissimo.

«Allora, Dario.» Io li guardo divertita, curiosa di ascoltare ciò che si diranno.

Si sono già visti una volta, all'aeroporto, quando Piero è tornato da Gerusalemme; io e Dario eravamo lì ad aspettarlo.

Li lascio soli a parlare e mi allontano un po' per guardarli. Esco sul terrazzo.

Eccoli che arrivano. Piero mostra felice la piantina di erica che gli ho regalato qualche tempo fa.

«Vedi com'è forte quella piantina?» dice, rivolto a Dario. « Con le radici dell'erica costruiscono le pipe, tanto è resistente» e lo guarda come per dire "a buon intenditor..."

Dario ride e io mi avvicino sorridente.

Peccato non poter fermare l'attimo con una fotografia.

Torniamo dentro, ci sediamo e si continua a parlare. Li guardo, mentre i miei ricordi scorrono al giorno in cui per la prima volta ho sentito parlare di lei.

Una presenza costante nei racconti di Piero. Per tanto tempo mi sono chiesta quanto il loro legame fosse stato profondo, reale.

Poi il viaggio, Piero che mi telefona e la voce che a fatica riesce a contenere la felicità: «Vado in Russia! Un giornalista vuole realizzare uno speciale sulla nostra storia, e andiamo a trovarla!»

Il primo vero amore della sua vita.

Difficile immaginarlo con quei trentotto chili addosso, appena uscito da un girone dantesco, nei suoi diciassette anni grevi come fossero cento.

Immaginarlo in quel sanatorio russo, dove una ragazza poco più grande di lui tenta di farlo tornare alla normalità e se ne innamora.

L'amore segue la linea della semplicità, sorvola

le guerre, gli orrori, le distanze geografiche e quelle linguistiche. Non ha bisogno di avere un senso.

Piero si riaccende poco a poco, ogni giorno di più, sotto gli occhi della giovane infermiera.

Mi chiama mentre è ancora in Russia, sento che il tono della voce è diverso dal solito.

Lida è morta un anno prima. Qualche mese di troppo li ha divisi per sempre. Non si sono rivisti.

Non si sono potuti salutare ancora.

Compra un mazzo di fiori e va a portarli sulla sua tomba. Piange.

Piange come aveva fatto allora in ospedale, per la prima volta dopo la deportazione.

Torno alla realtà e lo vedo parlare ancora: chissà cosa si saranno detti per tutto questo tempo.

Sono felice.

Piero mi guarda sorridere e lo capisce.

Ha le foto di Lida da qualche parte, sistemate dentro uno dei cassetti. Me le ha mostrate una volta, con gli occhi lucidi e le labbra che ripetevano "Com'era bella".

Cerco con lo sguardo un cassetto tra i tanti dei mobili del salone per dare un posto alla presenza che mi sembra di avere intorno.

Peccato non essere in quattro, sul divano.

XXIII

Mi chiese un giorno di andare a casa sua. Dovevano fargli un'intervista e voleva che ci fossi anch'io.

La giornalista arrivò una ventina di minuti dopo di me. Ci sedemmo attorno al tavolo rotondo, davanti alla libreria.

Piero iniziò a parlare. Nel rispondere alle domande aggiungeva particolari che non conoscevo. Mi chiesi se non fosse proprio per quello che mi aveva voluta lì.

Arrivò a parlare di Auschwitz; le pause aumentarono.

Sapeva che mi avrebbe ferita e di tanto in tanto mi guardava per assicurarsi che non stessi piangendo. Io cercavo di trattenermi come meglio potevo, ma le parole arrivavano come mille pugnali ghiacciati.

Non mi guardava, fissava un punto imprecisato del marrone del tavolo mentre raccontava, e non distolse lo sguardo da quel punto quando descrisse i malati di foruncolosi.

Sapevo che stava parlando con me, e che per questo guardava il tavolo. Cosa vedesse in quel punto, non lo avrei mai saputo. Forse il ricordo di qualche compagno morente, coperto di ascessi dolorosi, nudo, che trascinava il suo corpo per il campo in attesa della fine. Lo stesso compagno che aveva appena terminato di descrivere.

Non era mai sceso in dettagli sull'orrore di Auschwitz, prima d'ora. Mi meravigliai quando capii che avrebbe riempito i vuoti delle scorse volte. Mi meravigliai di capire che il rapporto con l'infermiera russa era stato un vero rapporto d'amore, e mi sembrò quasi assurdo che dopo l'orrore di Auschwitz, Piero avesse vissuto le gioie dell'amore spirituale e fisico.

Mi disse che lo psicanalista da cui era andato per qualche tempo gli aveva spiegato che la sua solitudine affettiva rivelava la volontà di non voler generare. Piero sorrise.

Certo che sarebbe stato felice di avere dei figli! «Gli psicanalisti» disse «vedono ciò che a loro sembra di vedere.»

Tornando a casa, ripensai a tutto. Alle descrizioni dei morenti, all'amore per l'infermiera, a quanto gli aveva detto quello psicanalista.

Mi ero sempre chiesta perché non si fosse sposato. Perché nessuna donna avesse voluto passare il resto della vita con lui. Mi era sembrata l'ultima ingiustizia possibile, una cattiveria del destino.

Ma quel pomeriggio capii che era stata una scelta sua, che lui aveva deciso di non condividere con nessuna i suoi giorni. Era evidente da ogni parola che aveva detto, dallo sguardo.

La ferita che portava dentro lo avrebbe allontanato per sempre dalle altre persone, e niente, nemmeno l'amore, avrebbe mai potuto celare il dolore.

Chi avrebbe potuto allungare una mano e tenderla a quel dolore?

Durante tutto il viaggio in treno per tornare a casa mia, fissai la mano che mi aveva stretto, e nel chiudere gli occhi, quella notte, capii di aver oltrepassato un muro.

Piero mi aveva portata su un altro gradino, e mi teneva per mano.

XXIV

Mi avvicino a Piero e gli stringo il braccio. Siamo a Birkenau, il pullman ci ha lasciati vicino alla Judenrampe, appena fuori dal campo.

Sui binari c'è un grosso vagone merci che anni fa trasportava ebrei dai ghetti dell'Est. Oggi è qui, così che i visitatori possano dare forma e colore alle fotografie grigie dei libri.

I miei occhi si perdono lungo le linee curve delle ruote, salgono sulle tavole di legno, misurano la distanza dal terreno.

Piero tiene la mia mano, mi tira un poco, ci separiamo dal gruppo.

«Eccoci qua» mi dice, mentre abbozzo un sorriso vago. Mi guardo intorno.

«Laggiù c'erano dei magazzini di patate, ci lavorai con Sami.» Indica delle costruzioni in lontananza, le osservo silenziosa.

«È qui che sei sceso?» chiedo io, per sapere se sto camminando sul terreno straniero che calpestò per primo.

«Io no. Il convoglio col quale arrivai fu uno dei primi a entrare direttamente nel lager, non venne aperto qui sulla Judenrampe ma dentro, nella banchina chiamata Baharampe. Te la mostrerò quando entreremo.»

Torniamo a nasconderci tra le altre persone finché Piero non inizia a raccontare.

È qui per questo, lo fa con grandissima dignità.

Il suo viaggio prende forma mentre i ragazzi lo ascoltano seri. Poi la colonna si forma, iniziamo a camminare verso l'entrata. Rimango in fondo, non ho voglia di accelerare il passo. L'aria è calda, nemmeno una nuvola a coprire il cielo.

Ai lati della stradina, case dalle sembianze di fattorie. A poche centinaia di metri da quello che rimane di un campo di sterminio tre uomini cambiano le ruote di un'auto, parcheggiata nel giardino della loro casetta polacca vista lager, con i fiorellini alle finestre.

Assurdo.

Voglio vedere che faccia hanno, mi volto insistentemente verso di loro che continuano a lavorare in tranquillità, per nulla disturbati dalla colonna di persone rumorose sparpagliate sulla strada.

Del resto perché non dovrebbero starsene lì tranquilli? Questa gente vive qui, penso, tentando di trovare un motivo, uno soltanto, per non tornare indietro e chiedere come diavolo fanno. "L'italiano" mi dico, "non capirebbero quello che vuoi dirgli."

Il pensiero mi permette di continuare a camminare.

Piero mi raggiunge, prende la mia mano con forza.

«Non mi abbandonare» mi dice, lo sguardo fisso in avanti. Mi ero persa nei miei pensieri e l'avevo lasciato indietro. Lo guardo sorridendo e gli dico che non lo abbandono, che sono lì con lui proprio per quello.

Arriviamo davanti al cancello centrale, stavolta niente vento che entra nei vestiti. Il sole copre spavaldamente ogni cosa.

Quando venni per la prima volta, conobbi il freddo come non l'avevo mai conosciuto.

I ragazzi del gruppo cominciano ad entrare, io e Piero li seguiamo, mano nella mano.

La kippah bianca orlata dal bordino color oro gli copre la testa.

Sa che è di nuovo il suo momento, si fa avanti e tossisce un poco prima di parlare.

«Il pomeriggio del 23 maggio del '44 il treno entrò qui a Birkenau. Noi eravamo aggrappati alle feritoie del vagone per vedere dove stavamo andando. Il treno si fermò su questo binario.»

Mi raccontò anche di quel giorno, a casa sua. Gli chiesi subito di descrivermi la scena che si presentò ai suoi occhi, la prima immagine.

Disse che la luce lo accecò, dopo i giorni di viaggio al buio.

«C'erano delle SS schierate, tutte con un bastone in mano e un cane al guinzaglio. Dopo aver aperto i portelloni dei vagoni cominciarono a urlare in tedesco parole che naturalmente nessuno poteva capire. Gridavano di far presto. Cominciarono subito a menare colpi di bastone e ad aizzare i cani contro chiunque si attardava.»

Chiesi dei suoi fratelli e di Anna.

Spiegò che aveva viaggiato con suo padre e suo nonno, che Leo e Cesare erano su un altro vagone con lo zio Amedeo e sua sorella e sua madre su un altro ancora.

«Era normale che chi aveva viaggiato separato dai propri parenti li cercasse. Eravamo circa seicentocinquanta in quel trasporto, e tutti quanti correvano da una parte all'altra per cercare i familiari, e le SS li inseguivano con i bastoni e i cani. Quando aprirono i portelloni io fui uno dei primi a scendere, ero agile. Certo, per nonno che aveva ottantaquattro anni era più difficile, così aiutai papà a farlo scendere.»

«Vi selezionarono subito?»

«Sì, ma noi non lo sapevamo ancora. I tedeschi urlavano e sferravano bastonate. Andai alla ricerca di mamma e degli altri e vidi i miei fratelli scendere dal carro subito dopo il mio. Guardai il treno da una parte e dall'altra ed ebbi l'impressione che la gente si rovesciasse dai vagoni; rotolava giù, si faceva male. Pensa che cosa può essere scendere di fretta da un carro alto un metro, un metro e venti... Ora che ci penso, in qualche vagone avevano messo una tavola e la gente scendeva, ma era ben poco. Capimmo che stavano formando due file, una per gli uomini e l'altra per le donne. Mio padre accompagnò subito nonno nella fila degli uomini per evitargli quelle violenze. Io e i miei fratelli andammo a cercare mamma e Anna inseguiti dalle SS, ma eravamo giovani e riuscimmo a schivare i colpi. Vedemmo mia madre e mia sorella avanzare dal fondo del convoglio: si tenevano strette per mano e andavano nella fila delle donne, dove le stavano spingendo. Le raggiungemmo subito.»

Torno alla realtà, torno ad essere Erika tra i ragazzi che ascoltano sulla banchina di Birkenau. Piero continua a parlare, le sue parole le conosco già.

«Mia madre piangeva, aveva il volto completamente bagnato dalle lacrime e mi abbracciò. Ci abbracciò tutti. Strinse il mio viso contro il suo e anche io mi bagnai delle sue lacrime. Poi ci dette la benedizione. Tra noi ebrei si usa benedire i figli, porre le mani sul loro capo e recitare una benedizione. Vedemmo delle SS che avanzavano con i cani e mi ricordo che mamma disse "Andate andate, fate presto", poi aggiunse qualche altra parola che non afferrai. Io e i miei fratelli ci staccammo da lei e andammo nella fila degli uomini. Io chiesi loro che cosa aveva detto mamma. Disse "Non ci rivedremo più." Queste sono state le ultime parole di mia madre.»

Non sapevano ancora cosa fosse la selezione. Uomini e donne passavano davanti ad un gruppo di soldati e ufficiali delle SS, tra cui Josef Mengele.

Piero vide separare sua madre da sua sorella.

«Sembrava che non si volessero lasciare. Poi finirono una da una parte e una dall'altra. Mamma per il massacro, e Anna per il lavoro, ma questo lo sapemmo dopo, quando fummo portati in una baracca dietro agli alberi, davanti ad alcune costruzioni con alte ciminiere. Lì fummo completamente denudati, ci tolsero tutto, tutto. Il nostro nome fu sostituito da un numero tatuato sull'avambraccio sinistro. Quando arrivammo alla sauna la violenza continuò, terribile: il bastone si abbatteva sempre sulla testa, sulle gambe o sulle braccia di qualcuno. Ci rendemmo conto che eravamo in un posto fuori dal mondo che conoscevamo. Una violenza così andava oltre ogni possibilità di immaginazione.»

Furono i prigionieri che già erano nel campo a rivelare la verità.

«Il nostro primo pensiero era sapere come, dove, quando avremmo rivisto i nostri cari. Ci fu detto subito da questi prigionieri. Indicarono i camini fuori dalle finestre e dissero: "Ecco, guardate. Sono i vostri cari, stanno uscendo da quei camini."»

Siamo andati insieme a vedere il segno tangibile dell'esistenza di queste persone.

Scarpe. Scarpe e capelli. Valigie.

XXV

Siedo sull'erba e cerco di riordinare le tante pagine scritte in questi ultimi tempi. Scorro da una frase all'altra, sottolineo i punti-chiave per ricordarmi i collegamenti che ho in mente di fare.

La storia di Piero è tutta qui, la tengo fra le mani. Pomeriggi passati ad ascoltare tentando di trattenere le lacrime, almeno fino ad approdare in una stanza dove chiudersi e piangere da soli.

Cesare, Anna, Auschwitz, Sami, Ida. È tutto qui, tutto scritto e stampato con inchiostro che profuma di inchiostro.

Sono quasi tentata di lasciar volare via tutto, di spargere i fogli per la via o nasconderli sotto un sasso, qui nel parco.

Quante cose avrò perso, forse importanti, fondamentali, cose che non troveranno mai posto in nessuna pagina di questo libro.

Quante sembrano importanti e invece non lo sono.

Poche settimane fa sono tornata in Polonia con Piero. Insieme ai ragazzi delle scuole che pensano di andare in gita e si ritrovano su un pezzo di pianeta che quando mia nonna era ragazza è stato un campo di sterminio.

Un posto dove bruciavano i corpi delle persone in fosse grandi come le piscine dei villaggi turistici. Li bruciavano nelle fosse, perché i forni crematori non bastavano più.

Come fa un ragazzo di vent'anni a capire cosa significa aver paura di morire?

O correre nudo davanti a un medico sapendo che sta scegliendo se vivrai o se il tuo viaggio finirà lì?

Oggi quel posto è solo un campo grande, sconfinato, silenzioso e triste.

Mi fa male vedere Piero che piange, da solo, con la mano stretta nella mia ma lontano da qui, lontano nel tempo, e le telecamere che lo riprendono come fosse un animale di una specie rara, che tra qualche anno si estinguerà.

Mi fa male guardarlo mentre i signori giornalisti gli chiedono di raccontare il momento in cui ha visto sua madre per l'ultima volta. Perché non so se il loro interesse è per la memoria o per le lacrime che scendono sul viso di un uomo con il tatuaggio sul braccio.

A chi importa veramente quello che ha da dire? Lo ascoltano per quietare le coscienze e lo invitano nei programmi televisivi, tra un numero di danza e uno di cabaret, per farlo parlare cinque minuti, appena in tempo per abbassare le luci e dire che la puntata del 27 gennaio è stata fatta. Meno male.

A me Piero non ha insegnato solo cos'è stato Auschwitz. Mi ha insegnato cosa significa voler bene a qualcuno che non ti appartiene, che non ha il tuo cognome.

Ecco, lo dico, forse mi ha insegnato persino ad amare.

A gioire per un cioccolatino alla viola, per un tramonto sui prati di Arpino, per la luce del sole che scopre gli angoli nascosti della casa.

Quante cose in più avremmo potuto chiedere a questi signori col numero tatuato. Magari avremmo capito qualcosa in più sulla vita, sulla nostra natura, sui nostri limiti.

Quante cose andranno perdute. Ci sono tutte nel suo abbraccio. Nella stretta con cui mi lascia ogni volta che torno a casa.

Una stretta che resta con me, sempre, scalda i miei vuoti e riempie le mie paure.

Ringraziamenti

Se ho scritto questo libro è perché molte persone hanno creduto in me prima ancora che io stessa lo facessi.

Grazie a Margherita Massaro ed Emanuele Paggi per la loro vicinanza e il loro affetto.

A mia madre e mio padre e a Dario-Jacopo Laganà, mio compagno di vita e di viaggio. I loro consigli preziosi e critici mi hanno illuminata diverse volte.

Un ringraziamento particolare va a Sami Modiano, a sua moglie Selma e a Ida Marcheria per avermi aperto i cassetti bui della loro memoria.

Ringrazio Walter Veltroni per la sensibilità con la quale svolge il suo lavoro; Annarita Micheli e Giovanna Pugliese per la disponibilità.

Grazie infine al mio Piero, colonna della mia vita.

Il ladro
Georgia Manzi

Quando si va a casa degli altri, se non si è stati invitati, è sempre meglio sapere cosa si rischia di trovarci. Gigi lo sa bene, quando va a rubare. Prima di tutto studia la vittima, che dev'essere crudele, prepotente, comunque malvagia. Perché alle persone per bene non si ruba. Poi impara le abitudini del prescelto e infine mette a segno il colpo. Può farlo senza correre troppi rischi, perché ha ancora tredici anni. Quando compirà i quattordici sarà punibile per legge: allora smetterà. Chissà, forse aprirà un'officina. Gigi è convinto di potersela cavare finché non scopre di aver derubato la figlia di un boss mafioso. Allora tutto diventa imprevedibile.

Non avrò più paura

Georgia Manzi

Pupetta, quattordici anni, vive in una città del Sud. Ha una famiglia numerosa, padre dispotico, madre annullata dalla fatica. Non c'è molto spazio per i sogni, a casa sua. E non ci sono soldi. Così, quando i genitori decidono di cederla a un'anziana signora in cambio di uno stipendio regolare, lei non può che accettarlo. La vita con la signora è fatta di lavoro, ma anche di sorprese, cose nuove, un po' di libertà. Ma le cose cambiano di nuovo: l'anziana signora decide di trasferirsi al Nord. E Pupetta che cosa farà?

Ti chiami Lupo Gentile

Luisa Mattia

Litorale romano. Piccola delinquenza, piccola criminalità, piccole estorsioni. Affidate a bande di ragazzi — a volte poco più che bambini — che credono solo in una legge: quella del più forte. Claudio non è diverso. Anche lui, per obbedire al padre, e perché così si fa, incendia, ruba, taglieggia. Però ha un suo senso della giustizia. E un amore che potrebbe salvarlo. Forse. Se tutto non si ridurrà a una rissa sulla spiaggia a colpi di coltello — per capire, ancora una volta, chi è il più forte.

La bambina delle nuvole

Sabrina Giarratana

Aminatou, una bambina che vive nei Campi Profughi sahrawi di Tindouf, in Algeria, trova nella sabbia del deserto una conchiglia che arriva dal mare. Chi può averla portata fin lì? E a chi appartengono la collanina e i fiori di garofano nascosti dentro la sua cavità di madreperla? Aminatou scrive a Bakita, un'amica italiana, e le chiede di raggiungerla nei Campi per aiutarla a cercare la proprietaria della conchiglia. Ha così inizio un viaggio che porterà le due bambine a ripercorrere la storia dei sahrawi, un popolo senza terra costretto a vivere lontano dal mare...

Se entri nel cerchio sei libero

Antonella Ossorio
Adama Zoungrana

Adama è un bambino nel Burkina Faso oppresso dal padre, uomo dispotico e violento. Lui ama la scuola, ha sete di imparare, arriva a vincere una borsa di studio. Ma secondo il padre-padrone studiare non serve, e Adama scappa di casa. Per sopravvivere, come tanti ragazzini della sua età e anche più piccoli di lui, va in miniera. Poi, un giorno fortunato, prende parte come protagonista a un film-documentario sul suo Paese: la sua grande occasione, l'ipotesi di una nuova vita possibile. Una vita libera.

Florian del cassonetto

Ornella Della Libera

Florian, dieci anni, è un bambino rom che vive in un campo nomadi di una grande città. Accolto come un figlio da Violeta, cresce insieme ai fratelli sentendosi uno di loro, fino al giorno in cui guarda per la prima volta con occhi diversi la vita al di fuori del campo, la vita dei bambini che vanno a scuola, hanno tutto e sono coccolati da tutti. E una volta accesa la curiosità per quel mondo così diverso dal suo, non è più possibile tornare indietro...

Finito di stampare nel mese gennaio 2016
presso Grafica Veneta S.p.A.,
via Padova, 2 Trebaseleghe (PD)

REINE DE NUIT

STÉPHANE CORVISIER

REINE DE NUIT

roman

BERNARD GRASSET
PARIS

Photo de la bande : © Olivier Roller

ISBN 978-2-246-70471-3

I

S'en aller, s'en aller ! Parole de vivant !

SAINT-JOHN PERSE, *Vents*

1

Bien sûr elle avait un travail de dingue et ce n'était pas raisonnable, ses étudiants attendaient leurs copies, elle devait les leur rendre le lendemain et il lui en restait quatorze à corriger, bien sûr elle n'avait aucunement le temps de songer à ses loisirs mais enfin voilà, c'était comme ça, depuis que Stacey lui en avait parlé, elle avait une envie insensée, une envie folle, elle avait, comme disaient ses étudiants, « hypra-envie » de lire ce livre. Un petit roman français qui était sorti trois mois auparavant. Oh, pas grand-chose apparemment, une énième resucée de récit d'apprentissage, un avatar abâtardi de *BildungsRoman*, enfin Reine ne savait plus trop et du reste, elle n'aurait su dire ce qui dans le rapport de Stacey avait à ce point attisé sa curiosité, à présent, elle en avait perdu la mémoire et n'aurait su dire pourquoi, non, vraiment, de cette conversation ne lui restait rien sinon la volonté d'en finir avec ce désir tenace, ce désir torturant et impérieux, ce désir d'avoir ce livre entre les mains.

L'auteur avait un nom incroyable, un nom impossible même, quelque chose comme Tristan Chagrin. Et le roman s'intitulait *Si seulement l'amour*. Quel titre ridicule ! Ce devait être une de ces bluettes qu'on achète dans les supermarchés, de la tisane sentimentale pour émouvoir le cœur de cible et faire pleurnicher la ménagère de plus de cinquante ans. Et pourtant, c'était ce livre-là que Reine brûlait de lire, précisément, *Si seulement l'amour.* Mais tout de même, elle devait se tromper, car à bien y réfléchir, Tristan Chagrin, même pour un pseudo, c'était franchement excessif. Pourquoi pas Tristan Tristesse, tant qu'on y était ? Reine se souvenait d'avoir tiqué sur le ridicule quelque peu misérabiliste de ce nom. Ce n'était peut-être pas Tristan après tout. Peut-être Gontran. Ou Grégoire, tiens. Oui ! Ce devait être Grégoire, Reine en était à peu près convaincue à présent : Grégoire Chagrin, *Si seulement l'amour*... À moins que ce ne fût *Si seulement la vie* ? Voici qu'elle ne savait plus... Non ! C'était Grégoire Chagrin, *Pourvu que l'amour.* Ou peut-être bien Tristan... Décidément, ces doutes n'allaient pas arranger son affaire !

Tristan Chagrin… Il y avait de la désuétude dans ce nom. Et pourtant, l'auteur n'avait qu'une trentaine d'années. Reine avait vu une photo de lui, elle ne savait plus où – dans un magazine féminin, sans doute, *Elle* ou *Le Figaro Madame* : chez le coiffeur, naturellement ! Une sorte de grand mélancolique aux yeux globuleux. Élégant et dégingandé. La mèche rebelle. Charmant, il fallait bien le reconnaître. Et une plume !… – Ça, c'est Stacey qui le lui avait dit. Stacey qu'en réalité Reine méprise parce qu'elle la juge dépourvue de tout sens littéraire et qu'elle la tient pour la plus grande sotte qui fût jamais. Mais attention : officiellement, elles s'adorent ! Et au regard de la situation, il faut avouer qu'elles ont réalisé là un exploit, un tour de force que leur entourage ne laisse pas d'admirer. Comme si elles avaient voulu s'affronter avec les armes de l'urbanité la plus exquise pour mieux s'écraser l'une l'autre. Marie Stuart et Élisabeth qui ne se seraient pas insultées, mais seraient au contraire devenues bonnes copines... Elles déjeunent ensemble une fois par mois environ – quand Stacey a quelque chose à demander à Reine, naturellement ! Car il va sans dire que dans la distribution des rôles, Élisabeth, la méchante, c'est Stacey.

Stacey est la nouvelle épouse de l'ex-mari de Reine, et quand celui-ci perd un peu la tête, Stacey réapparaît pour lui demander de l'aide. Ah, çà... elle n'était pas aussi empressée auprès de Reine quand il s'était agi de le lui piquer, mais à présent que la victoire qu'elle a quelque temps savourée a perdu un peu de son piquant, et que Henri lui fait la vie impossible, comme il l'a toujours faite à toutes les gourdes – Reine la troisième d'une série de quatre – qui ont eu l'inconscience de l'épouser, la pauvre Stacey perd pied, panique, ne s'y retrouve plus et offre à Reine un déjeuner au Balzar pour lamenter son mariage qui part à vau-l'eau – comme si elle y pouvait quelque chose ! Parfois, Reine a envie de lui demander : « Mais qu'est-ce que tu espères, connasse, que je le récupère ? » Oui, elle rêve souvent de toiser Stacey de toute sa hauteur, tandis que celle-ci ingurgite une de ces choucroutes dont elle aime à se goinfrer, et de lui dire, mais alors avec une volupté tout ordurière, et dans un épanouissement de tout son être : « Mais qu'est-ce que tu espères, connasse, que je le récupère ? » Au lieu de quoi, bien élevée, corsetée dans sa distinction, elle conserve un maintien poli et se contente de l'écouter gravement en lui décochant de temps à autre un petit signe d'acquiescement, lourd d'une apparente commisération, tandis que Stacey, courbée sur son assiette, ingurgite sa mangeaille immonde.

Peut-on concevoir vision plus vomitive ?

Certes, Stacey est diplômée d'Harvard en sciences politiques et en histoire de l'art, certes elle s'est installée à Paris cinq ans auparavant pour travailler à la Fondation Cartier, certes elle a été récemment nommée Chevalier des Arts et des Lettres – et alors ? Elle incarnera toujours aux yeux de Reine l'archétype de l'Américaine – et pire encore : de la Californienne ! De son adolescence à San Diego, elle a gardé la superficialité et la mièvrerie. Stacey adore les témoignages ostentatoires d'affectivité. Les petits sourires aux larmes, les dégoulinades de « *Oh, darling ! How can he be so cruel with you ?* » Et ce que

Reine abomine par-dessus tout : les *hugs*. Elle a toujours affecté à l'endroit de Reine une connivence émue dont elle s'exalte comme d'un trait marquant de sa personnalité, quand elle est agie par les pires clichés de sa culture feuilletonesque. Tout ce qu'elle souhaite, c'est se rejouer *Les Feux de l'amour* sur le dos de l'ex-mari de Reine qui lui rend la vie impossible parce qu'il est hypocondriaque, certes, et qu'il s'imagine qu'il va décéder tous les quinze jours, ce qui est extrêmement désagréable, Reine en convient volontiers, mais avec une femme comme Stacey, il n'est d'autre échappatoire que cette vie imaginaire, toute calamiteuse fût-elle, et enfin, Reine conçoit aisément qu'il soit plus agréable à Henri de s'inventer des nodosités à l'aine ou d'inquiétantes brûlures à l'estomac plutôt que de regarder cet épouvantail droit dans les yeux et de se dire : « C'est ma femme ! »

Et voici que cette idiote, qui se pique de littérature contemporaine, sans doute pour rivaliser avec Reine et pour la provoquer, elle, la-sorbonnarde-trop-intellectuelle-qui-ne-connaît-rien-à-la-vie, voici que cette idiote lui lance dans les dents :

— Tu sais, j'ai lu un livre qui m'a fait penser à toi. Je suis sûre que ça te plairait. C'est le premier roman d'un auteur de trente ans, Tristan Chagrin, *Si seulement l'amour*. Tu connais ?

La garce ! Évidemment que Reine ne le connaissait pas, son insignifiant plumitif dont personne n'avait entendu parler, sinon peut-être quelques lectrices de torchons féminins, noyé qu'il aurait été, comme tant d'autres, dans le bourbier de la rentrée littéraire ! Absorbé dans la masse de papier imprimé, dans ces hectolitres d'incontinence narcissique qui inondent les tables des libraires sous l'intitulé pompeux et fallacieux de « Littérature française », et qui ne sont, la plupart de ces... comment dire ? de ces livres, qu'une usurpation, car qui sait lire et écrire en ce pays se targue d'être écrivain et s'en va faire couler le robinet des confidences si possible scabreuses de son exceptionnelle, de sa transgressive vie sexuelle. Donc Stacey lui dit avoir lu ce livre que Reine ne pouvait décemment connaître, à moins d'un miracle – et ce n'est pas pour autant qu'elle dédaigne la littérature contemporaine, loin s'en faut et n'en déplaise à cette bécasse qui ne supporte pas qu'on lui fasse de l'ombre –, donc Stacey lui dit avoir lu ce livre qui s'intitule *Si seulement l'amour* ou quelque naiserie du même tonneau, un livre dont l'auteur se nomme Tristan ou Grégoire Chagrin, et que ce livre lui a fait penser à elle. À ce moment-là, Reine a regardé Stacey mastiquer sa choucroute et faire passer le tout avec une gorgée de vin blanc, et sans doute l'a-t-elle toisée car, à ce moment-là, elle a rêvé de lui dire, si fort que Stacey a dû l'entendre : « Mais ma pauvre Stacey, tu es définitivement une salope. Je te savais perfide, et basse, mais là tu dépasses toutes les limites. Mais ma pauvre Stacey, il faut que tu t'en remettes d'avoir décroché la timbale il y a trois ans, MA timbale, je veux dire Henri, mon mari, MON mari, tu comprends – il est à moi ! à moi ! à moi !... Et tu n'es même pas fichue de le rendre heureux, et tu viens me voir avec un air affligé pour me faire part de tes problèmes conjugaux – mais qu'est-ce que tu espères, connasse, que je le récupère ? Et quand je te laisse entendre, à mots choisis, bien évidemment, et le plus poliment du monde, qu'il faut que tu t'en débrouilles parce que pour ma part, j'ai tout essayé, mais en vain, et que tu devrais tout de même te montrer un peu plus ferme avec lui plutôt que de flatter ses névroses en l'emmenant chez tous les spécialistes de la capitale, alors là, puisque les jeux soudain sont faits entre nous, sans plus aucun espoir de gain possible pour toi, là tu me décoches ce petit sourire fielleux que je te connais bien et qui me donne envie de te gifler jusqu'à t'en décrocher la tête, et tu me parles de ce roman d'un jeune auteur inconnu, Gontran Chagrin, dont tu as apprécié les « qualités littéraires », ce roman qui t'a tant fait penser à moi et que je devrais aimer : *Si seulement l'amour*. Et comme si ça ne suffisait pas, tu juges bon de me demander, fière de tes pitoyables intuitions grammaticales et afin de mieux remuer le couteau dans la plaie, la plaie de ma propre vie que tu as si bien su meurtrir, tu me demandes si ce titre ne constitue pas un cas d'irréel du présent ! Ma chère Stacey, il faut que tu te mettes plusieurs choses en tête, et vraiment, il faudrait que ça rentre une bonne fois pour toutes dans ta petite caboche tout emplie de choucroute :

1º – je n'ai rien contre la littérature contemporaine, et je crois même pouvoir dire que j'en connais un peu plus que toi sur le rayon.

2º – je t'emmerde, mais alors, à un point que tu ne peux même pas imaginer.

3º – les dandies-écrivaillons qui s'exhibent sur le PAF et s'y vendent comme de petits gigolos, je n'en ai strictement rien à foutre. »

Mais Reine de se contenir :

— Ah oui ? Et de quoi parle ce roman ?

Et Stacey de se lancer dans des considérations littéraires dont Reine ne retint pas un traître mot, ce qui ne l'empêcha pas de concevoir l'envie de lire ce livre dont elle ne savait rien, mais qui dans son rayonnement éclipsait tous les autres : *Si seulement l'amour* de Tristan Chagrin.

À moins qu'il ne s'agît de Grégoire Chagrin ?

Ou de Gontran ?

Enfin bref, elle ne savait plus !

2

Mais pour l'heure, le travail, ses copies, ses étudiants.

Comme auraient dit ces derniers, Reine était « charrette » !

Quatorze dissertations à corriger en une soirée, à raison d'une demi-heure par copie, c'était de la démence !

Reine dans l'atmosphère confinée de l'UFR de Littérature française et comparée, dans ce petit bureau suffoqué de labeur et de fatigue, où de si nombreuses générations d'étudiants et de professeurs s'étaient racornis avant elle, où des livres intouchés depuis des décennies tombaient en poussière, ce sable de mots qui faisait l'air impur, Reine n'en pouvait plus. Cette évidence, soudain, lui martelait le crâne.

« Je n'en peux plus ! Je n'en peux plus ! »

Où avait-elle donc mis son Lexomil ?

Elle sentait sa respiration se crisper, et qu'un nerf tressaillait sous son œil gauche. Elle avait beau appuyer dessus, il continuait de titiller le cerne accusant dans son regard une fatigue qui la désespérait, tandis qu'elle se mirait dans son poudrier. Et faisait tourner la mélodie de la déconsidération à plein régime, son thrène narcissique : « C'est épouvantable ce que j'ai vieilli je suis hideuse moi qui étais si belle dans ma jeunesse il n'y a pas si longtemps encore les hommes se retournaient sur moi dans la rue aujourd'hui je ne ressemble plus à rien qu'à un épouvantail une vieille peau. »

Et caetera.

Reine se ressaisit et plâtra son amertume sous une couche de poudre. Il fallait surtout ne pas pleurer. Et ne pas transpirer non plus, sans quoi elle se mettrait à friser, et si elle se mettait à friser, alors là, vraiment, dans l'état d'irritation où elle se trouvait, elle se connaissait, malgré son quart de Lexomil, elle ne répondrait plus de rien et serait capable de tout envoyer balader.

Donc, pour l'heure, Reine devait corriger les dernières copies d'un partiel de Licence, et elle n'avait que trop tardé à en communiquer les résultats. Le secrétariat de l'UFR les lui avait réclamés pour le lendemain au plus tard. « Au plus tard ! » avait insisté d'un air cérémonieux Mme Bichard, cette petite fouine qui se donnait des airs d'importance dès qu'il s'agissait d'imposer des délais à ceux qui lui étaient, du point de vue hiérarchique (et de tous les points de vue, d'ailleurs, cette femme n'étant qu'une moins que rien), supérieurs. Bien sûr, Reine n'aurait pas dû attendre le dernier moment pour s'atteler à cette tâche, mais il lui avait fallu satisfaire aux impératifs de son actualité éditoriale : deux articles à boucler sur Philippe Jaccottet, l'un pour une revue suisse, l'autre pour un recueil agrégatif ; les dernières épreuves de son essai, *Le Bréviaire transgressif : passion et mysticisme dans l'œuvre de Pierre Jean Jouve*, à corriger avant l'envoi à l'impression. Méticuleuse jusqu'à la manie, Reine prenait soin de toujours vérifier ses sources à chaque jeu d'épreuves, quand bien même elle l'eût déjà fait plusieurs fois auparavant. Aucune bévue n'entacherait le prestige de sa carrière universitaire, jamais, jamais ! Elle se voulait irréprochable et elle l'était, incontestablement. Et elle ne se faisait aucune illusion sur la déférence dont elle était soi-disant l'objet de la part de ses collègues, elle qui était unanimement reconnue comme une « éminente spécialiste » de la poésie française des années 1920 à 1960, mais à qui l'on avait fait, à tort bien sûr, et le plus injustement du monde, la réputation d'une « tueuse ». Elle savait la charge de malveillance qui se tenait tapie derrière les sourires et les manières affables de certains de ses confrères. Ils n'attendaient qu'une chose : qu'elle se plante, qu'elle se vautre lamentablement, qu'elle en rabatte un peu. Elle avait surpris un soir un conciliabule entre le directeur de l'UFR – Grégoire, un éminent seiziémiste pour lequel Reine professait une grande estime – et Mme Bichard, avec laquelle elle venait pourtant d'avoir une conversation des plus gracieuses. « On en a marre de son arrogance ! » avait-elle entendu chuchoter de l'autre côté de la cloison, tandis qu'elle retournait à son bureau sur la pointe des pieds – et pourquoi sur la pointe des pieds ? il fallait qu'elle ait senti un je-ne-sais-quoi d'hostilité entre ces murs pour agir de la sorte – afin d'y récupérer son parapluie. Cette pitoyable messe basse, tout en la meurtrissant au-delà du raisonnable, l'avait informée sur l'état d'esprit qui présidait, au sein de cette vénérable institution, à certaines amabilités. Dès lors, Reine s'était raidie dans sa hauteur irréprochable, et abandonnée sans réserve à sa compulsion perfectionniste. Aussi avait-elle particulièrement soigné la correction de ses épreuves, et sans doute y avait-elle consacré plus de temps qu'il n'en fallait. Mais à présent qu'elle était sûre d'avoir remis à son éditeur un texte exempt de la moindre imperfection, fût-elle d'ordre typographique, elle pouvait enfin cesser d'y songer.

Pour mieux se consacrer à ses dissertations de Licence...

Reine envisagea d'un air morne le tombereau de copies qui encombraient son bureau. Quelques secondes passèrent ainsi, durant lesquelles elle sembla totalement absente à elle-même. Hypnotisée par quelle vision intérieure ?

Aucune, peut-être, en cet instant navré.

Mais tout de même, qu'il faisait chaud dans ce bureau ! Reine se leva et alla entrouvrir la fenêtre, contempla un instant dans la cour les pavés luisants de pluie, puis retourna à sa chaise. Et cette idiote de Mme Bichard qui jacassait encore au téléphone ! Elle ne se tairait donc jamais ! Reine suspendit un instant son souffle pour mieux entendre les lamentations de cette petite voix flûtée et geignarde. Et ne put s'empêcher de songer au niveau requis pour devenir secrétaire d'UFR dans une université française. En cette période de disette économique, et eu égard à la saturation du marché professionnel, il était possible qu'un Bac+3 constituât un atout non négligeable pour l'obtention d'un tel poste. Reine ne travaillait-elle qu'à former de futures Mmes Bichard ?

« Tu comprends, il m'a commandé trois cartouches de rechange pour son imprimante. C'est tout de même exagéré ! Moi, j'm'en fous, j'lui en commande que deux, et je dirai qu'ils sont en rupture de stock… Non, mais attends ! Y a pas écrit perruche, là ! »

Pourquoi « perruche » ? Reine ne le saurait jamais. Pour l'heure, elle s'était plongée dans la lecture d'une première dissertation. Quinze feuillets à l'encre turquoise et une intelligence toute relative du sujet, à en juger par les premières phrases : « Depuis la nuit des temps, l'amour est le sentiment le plus puissant qui ait jamais été donné à l'homme d'éprouver, et les plus grands poètes comme Racine ou Aragon ont parlé d'amour. » Affligeant… Et quel cerveau avait sécrété ces trésors d'intellection ?… Ah oui, évidemment ! Corinne Lopez : la « pétasse » ! Pas étonnant que sa copie fût à ce point minable… Non, décidément Reine ne se sentait pas le courage de tout lire d'un coup. Elle survola les feuillets, piocha de-ci de-là quelques phrases qui ne lui donnèrent pas envie de se crotter davantage l'esprit… Si seulement elle pouvait lui administrer un zéro avec, pour seul commentaire, « Magistral » ou « Votre copie suinte le fond de teint et la médiocrité » ! Mais elle ne le pouvait pas, évidemment. Reine ricana toute seule. Puis prenant aussitôt conscience de ce que son euphorie avait de misérable, elle se rembrunit et passa à la copie suivante. « L'amour a toujours été un mythe. On voit souvent que ce mythe est associé à la mort. » – « Tiens donc ? Première nouvelle ! Et Éros et Thanatos, tu n'en as jamais entendu parler, Benoît… Benoît comment ? Frouï ?… Frout ? » Voilà que Reine se mettait à parler toute seule sur un ton qui n'était pas sans lui rappeler, horreur, la Bichard. Elle réfléchit quelques instants et jugea qu'il serait plus motivant de commencer par une bonne copie, si tant est qu'il y en eût une seule dans tout ce tas. Cette année était vraiment un mauvais cru. Reine effeuilla la marguerite des *incipit* dissertatoires, mais ne recueillit que des truismes boursouflés d'emphase. Comment faisaient-ils pour être aussi nuls ? « À toutes les époques et dans tous les pays, l'homme a eu besoin d'aimer », « Amour du cœur, amour des mots, beaucoup de poètes ont écrit sur l'amour », « Dans nos sociétés occidentales, le péché est une valeur importante »... Et puis cette perle : « Croire que tout est acquis, c'est risquer la valeur de ce qu'on va perdre. » Qu'est-ce que ça pouvait bien vouloir dire ?

Au secours !

Reine n'en pouvait plus. D'un revers de la main, elle envoya valser le tas des copies qui s'étalèrent sur le parquet en soulevant un nuage de poussière. La poussière : le fameux sable des mots !... Ne faisait-on jamais le ménage dans ce bureau ? Il aurait fallu que Reine fît une énième réclamation auprès de la Bichard, mais la seule perspective de s'adresser à cette minable lui donnait le tournis. « Pas ce soir ! » pensait-elle, accablée.

Si seulement l'amour pouvait venir à son secours…

Si seulement l'amour ?

Tristan Chagrin !

Soudain, Reine se rendit à l'évidence de ce désir – que disait-elle ? – de cette nécessité qu'elle avait vainement tenté d'occulter sous le voile plus respectable et plus impératif du devoir. Elle en était convaincue à présent, il lui fallait absolument lire ce livre, ce soir même, ce livre lui permettrait d'en finir avec ses années de misère et de solitude, ce livre lui permettrait d'aller au-delà de ce qui en elle se dérobait, l'empêchait d'avoir prise sur le réel et sur les autres, de devenir cette autre femme, peut-être, à laquelle elle rêvait parfois. Magique, ce livre la délivrerait des jours qu'elle avait pris l'habitude de décliner à l'irréel du présent. Il deviendrait son sésame, le passeport pour la *vita nuova*, un aller simple pour le bonheur. Il allait commencer par la délivrer de cette morne soirée qui ne lui offrait d'autre perspective que de se crever les yeux sur des copies illisibles. Et que Mme Bichard aille se faire voir ailleurs avec ses résultats et ses cartouches d'encre ! À présent, Reine se fichait de tout. À présent, rien n'avait plus aucune importance à ses yeux sinon ce livre, de tout le reste elle se balançait, elle s'en tapait même, et envoyait dinguer, et avec quelle jubilation, les délais de Mme Bichard, et même elle était prête à lui suggérer de se les mettre où elle pensait, ses notes de partiel ! Impudente, Reine n'avait plus désormais qu'une seule mémoire, celle de ce livre, *Si seulement l'amour*, et plus rien ne lui importait en cet instant où sa volonté se faisait enfin triomphale : le prochain jour ne se lèverait pas, non, l'aurore ne rougirait pas à l'horizon qu'elle n'eût ce livre entre les mains, ce livre dont Stacey avait apprécié les « qualités littéraires » et qui lui avait tant fait penser à elle, Reine, la gentille, la femme bafouée, la souveraine outragée. En ce livre, elle en était sûre, elle détenait sa revanche sur l'avenir. Et elle ne la céderait pour rien au monde : elle avait trop souffert.

3

Alors bien sûr, ses copies, Reine les a fourrées dans son sac. Et puis elle a pris ses cliques et ses claques, et elle s'est barrée, à la recherche de son sésame.

« *Se hâter, se hâter ! Parole de vivant !* » lui chantait sa mémoire de Saint-John Perse.

Oh ! sans doute cette exaltation était-elle un peu excessive au regard de sa quête, de cela elle n'était pas dupe, d'ailleurs elle n'était jamais dupe de rien – et si Henri avait toujours vitupéré en elle une multitude de travers, à commencer par son autorité, sa hauteur et sa psychorigidité, il n'avait jamais su prendre en défaut son évidente, son éclatante lucidité. Reine l'exerçait en premier lieu envers elle-même, ou plutôt contre elle-même, si elle en jugeait par cette réflexivité terroriste qui la faisait toujours se psalmodier *recto tono* des refrains accablants qui cinglaient comme des claques : « C'est trop tard ! », « Tu as encore perdu ! », « Tu deviens vieille »... Alors, certes, son exaltation lui paraissait excessive, mais elle avait décidé ce soir-là de s'y abandonner toute. Et pouvait-elle ignorer ce frisson qui la parcourait tandis qu'elle quittait la bibliothèque de l'UFR, ou plus exactement s'en enfuyait, comme si les sirènes chantaient et que soufflaient sur elle les vents de la grande aventure ?

« *S'en aller, s'en aller ! Parole de vivant !* »

Dans sa précipitation, elle bouscula une étudiante qui s'était isolée sur le palier, l'oreille collée à son portable. La jeune fille manqua tomber à la renverse, son appareil lui glissa des mains et se disloqua sur le parquet. Reine ne chercha pas à s'excuser ni ne se retourna. Elle entendit bien que la pauvre fille balbutiait quelque timide récrimination, baragouinait un vague « putain ! », mais elle n'y prêta pas plus d'attention qu'elle n'en prêtait désormais aux embruns qui lui fouettaient le visage et menaçaient de faire friser ses cheveux.

Les librairies dans la nuit pluvieuse et glacée, vite.

Il était 19 h 07, vite.

Reine se précipita à la librairie Compagnie où elle avait ses habitudes, avisa celui des vendeurs qui avait sa préférence, Benjamin, un petit jeune homme tout à fait charmant, compétent et distingué. Lequel ne voyait jamais débarquer sans effroi cette invraisemblable chieuse qui allait encore lui tenir la jambe pendant des heures en lui racontant par le menu ses histoires d'étudiants, de publications et de colloques, toutes choses dont il se souciait assez peu, voire se contrefoutait éperdument.

— Oh, merde, revoilà Médusa ! se lamenta-t-il auprès de sa collègue. Elle va encore me foutre le grappin dessus...

Ainsi avait-il rebaptisé Reine, un soir qu'elle l'avait harcelé parce qu'elle n'avait pas trouvé en rayon son dernier « essai » – une petite plaquette sur Reverdy qui ne se vendait pas du tout. Et ce sobriquet avait fait *chorus* dans le magasin.

Mais contre toute attente, Médusa n'osa aborder Benjamin de front, tant la gênait l'idée de lui demander un livre au titre aussi ridicule que *Si seulement l'amour*... Aussi se dirigea-t-elle vers la table des nouveautés littéraires, où elle se mit à prospecter parmi des piles de romans dont les auteurs ou les titres lui étaient, pour la plupart, inconnus.

Déprise de ses habitudes, Reine n'éprouvait plus sa coutumière, sa délectable curiosité pour les ouvrages critiques nichés dans les rayons aux odeurs de cirage et de miel. Elle n'entendait plus l'appel de ces recueils de poésie dont le chant deviné, rêvé, l'entraînait toujours, irrésistible, à des prodigalités. *Exit*, Saint-John Perse, *exit* Pierre Jean Jouve, et Pierre Reverdy, et Yves Bonnefoy. Reine se sentait comme étourdie par l'abondance matérielle de tous ces livres qui ne présentaient d'autre particularité à ses yeux que de n'être pas l'*opus* de Tristan Chagrin. Car évidemment, elle ne le trouvait pas, cet *opus* de Tristan Chagrin ! Mais il ne fallait pas s'en étonner : ç'aurait été trop beau ! Pour une fois qu'elle voulait quelque chose, elle qui était habituellement si disciplinée et tempérante, un roman publié en septembre, ce n'était tout de même pas déraisonnable que de vouloir l'acheter en janvier, mais c'était bien sa veine elle qui n'avait jamais fait peser sur personne le poids du moindre désir ou du caprice même le plus infime on ne pouvait pas dire qu'elle était difficile à vivre quand bien même Henri ce lâche l'avait quittée pour cette fascinatrice au petit pied de Stacey et elle avait souffert en silence et avec une dignité que ses amis n'avaient pas manqué d'admirer et voici que justement quand elle éprouvait un désir enfin un désir elle qui ne désirait plus rien depuis des années voici qu'alors ce désir elle ne pouvait pas l'exaucer comme par hasard et tout de même ce n'était pas sorcier et ce n'était pas la mer à boire et même c'était bien naturel que de chercher à se distraire en lisant un petit roman paru à la rentrée eût-elle encore quatorze dissertations de Licence à corriger.

Et le nerf sous son œil qui tressaillait de nouveau…

— Mais merde !!!

Voyant qu'elle commençait à déplacer fiévreusement les piles de livres et, s'excitant, menaçait de ruiner l'ordonnancement apollinien de ce rayon qui lui avait coûté tant de travail, Benjamin se résolut à affronter Médusa pour lui demander si elle cherchait quelque chose en particulier. Reine se raidit quelque peu, déglutit, comme à chaque fois qu'elle était gênée, et lui demanda s'ils avaient en cette librairie – en cette putain de librairie était-elle tentée d'ajouter – un roman dont le titre lui échappait mais dont l'auteur s'appelait quelque chose comme Chagrin, Tristan ou Grégoire, elle ne savait plus. Tristan Chagrin ? Benjamin acquiesça : oui, ça lui disait vaguement quelque chose…

— Il faut que j'aille voir dans la bécane, dit-il à Reine avec un petit sourire. Bien qu'il eût toutes les apparences du gendre parfait et bien sous tous rapports, il se complaisait parfois à faire usage devant Médusa de ce jargon quelque peu débraillé. Il avait remarqué, en effet, qu'elle tressaillait toujours à l'énonciation du moindre mot qui ne relevait pas d'un registre de langue, sinon élevé, du moins correct.

— Oui, c'est bien cela… Tristan Chagrin… *Si seulement l'amour…* C'est sorti fin août. Mais on ne l'a plus en magasin.

Si vous voulez, je peux essayer de vous le commander.

— C'est-à-dire que j'en ai besoin ce soir, rétorqua Reine. Mais pourquoi « essayer de le commander » ?

— Je vous demande pardon ?

— Je veux dire : pourquoi essayer de le commander plutôt que de le commander tout court ?

— Ah !… Eh bien, en fait, vu que nous n'en avons vendu qu'un seul en trois mois, nous l'avons renvoyé à l'éditeur. Et comme le livre n'a pas marché, apparemment, il y a des chances pour qu'il ait été mis au pilon.

— Au pilon ? Mais c'est horrible ! Déjà ? Et comment est-ce que je vais faire pour le trouver ? Il me le faut absolument ce soir ! – « Ta voix dérape. Calme-toi », lui chuchota la voix de sa lucidité.

— Vous avez une chance de le trouver ailleurs. Vous savez, il suffit qu'un libraire l'ait aimé pour qu'il décide de le garder en rayon… En même temps, vu qu'il est sorti il y a plus de trois mois… À votre place, j'essaierais chez Gibert. Vous le trouverez peut-être en occasion. Seulement, vous devriez vous dépêcher, car il est déjà sept heures et quart, ils vont bientôt fermer…

À son grand soulagement, Benjamin vit Médusa se précipiter dehors.

Gibert, vite !

Fort heureusement, le vigile planté aux portes du magasin la laissa entrer. Reine gravit quatre à quatre les marches de l'escalier. Elle arriva écumante au premier étage, et fondit sur la première vendeuse qu'elle aperçut au rayon Littérature française.

— Mademoiselle, s'il vous plaît ! Bonsoir, je cherche le roman de Tristan Chagrin, *Si seulement l'amour.*

— *Si seulement l'amour* ? Vous êtes allée voir en rayon ?

— À vrai dire… non ! Mais est-ce que vous pourriez regarder dans votre bécane… je veux dire dans votre ordinateur, si vous l'avez encore ?

— Oui, bah, on va regarder, dit la jeune fille en consultant sa montre. Elle se rendit d'un pas traînant au comptoir et commença à tapoter sur son clavier.

— Alors, Tristan Chagrin… Tristan Chagrin… Ah, voilà ! *Si seulement l'amour.* Oui, c'est sorti à la fin août… Attendez, je regarde… Non, on ne le fait plus.

— Ah bon. Et vous ne l'avez pas en occasion par hasard ?

Seigneur, faites qu'ils l'aient en occasion, au moins en occasion !

Je Vous en prie ! Je Vous en supplie !
Par pitié !

Après avoir longuement consulté son ordinateur – quelles informations avait-elle donc besoin d'y chercher ? –, la jeune fille lui répondit d'un air embarrassé :

— Non, du moins, pas en magasin. En fait, comme il ne s'est pas vendu et qu'on a des problèmes pour stocker les livres de janvier…

— Oui, mais enfin, je crois que c'est très court. Il ne doit pas prendre beaucoup de place, ce petit livre…

— Peut-être, mais il n'est plus référencé dans l'ordinateur. Maintenant, vous pouvez toujours aller regarder dans les bacs à soldes. Vous avez peut-être une chance de le trouver.

De la chance, de la chance… À les entendre, ces vendeurs, Reine n'avait que de la chance en perspective ! Mais en attendant, elle ne l'avait toujours pas trouvé, ce roman de Tristan Chagrin ! À croire que trois mois en librairie avaient suffi à le transmuer en un ouvrage plus rare encore qu'un incunable : un fantôme éditorial, un *collector* de l'échec littéraire. Devrait-elle affronter les caprices de la fortune pour se le procurer ? Elle se sentait prête à tous les courages et à toutes les audaces pour en sentir le papier grenu sous ses doigts. Quand elle avait une idée en tête, elle n'en démordait pas qu'elle ne fût parvenue à ses fins. Henri appelait cela de la psychorigidité, mais pour Reine, il ne s'agissait que de détermination. Or, c'était à force de détermination qu'elle avait bâti sa carrière à l'Université. Les honneurs qu'elle avait brigués, ne les avait-elle pas tous obtenus ? Elle avait même décroché le titre de directrice adjointe de l'UFR de Littérature française et comparée, l'emportant sur plusieurs candidats masculins. On ne lui reprochait son ambition que parce qu'elle était une femme. Mais elle avait appris à jouer des coudes, comme les autres, et elle avait réussi à s'introduire jusqu'en ce directoire phallocratique. Et ce n'était encore qu'un début...

Elle redescendit l'escalier qu'elle venait de monter en grande hâte, et sortit sur le trottoir pour inspecter les bacs à soldes, ces fosses communes où des romans mort-nés s'écornaient dans la poussière. Mais elle avait à peine commencé à s'y graisser les doigts que les vigiles déplacèrent les bacs sans ménagement. « On va fermer, Madame », lui dit d'une voix plaintive celui d'entre eux qui l'avait laissée entrer dans le magasin.

« Oui, oui ! Un instant ! », répondit Reine sur un ton excédé, tout en poursuivant ses manipulations. Elle sentait monter en elle une humeur chagrine qui risquait de tourner au cafard. Derrière chacun de ces livres, il y avait une histoire triste, si l'on se donnait la peine d'y songer. Reine prit un volume au hasard : Jules Derain, *L'Incourage,* publié dans une grande maison parisienne. Qui était-il, qui avait-il été sur la scène parisienne, ce Jules Derain ? Un nom parmi tant d'autres, un titre à peine chuchoté. La matérialité importune d'un roman de plus sur les tables des libraires. Un peu de papier broyé au fond d'une cuve après qu'il avait fini au pilon, cet autodafé commercial. Et pourtant, il avait dû exulter de signer un contrat avec un éditeur prestigieux, Jules Derain ! On l'attendait à la maison avec une bouteille de champagne : sa compagne, ses sœurs, ses parents, tous étaient fiers de lui. N'avait-il pas écrit ce livre pour leur prouver qu'il les aimait ? Pour ressusciter la voix d'un frère suicidé, le souvenir d'un amour perdu ? Allez, on trinquait déjà à son best-seller, on tirait des plans sur la comète : ce n'étaient que dithyrambes, tirages mirobolants... Lui s'étourdissait de gaieté, oubliait ses classiques pour mieux s'abandonner à des rêveries immodestes... C'est qu'il devenait un vrai écrivain ! Grâce à cette publication, il s'amarrait enfin à un avenir qui allait conjurer ses années d'infortune. Un passage télé et quelques articles bien choisis suffiraient à le lancer. Il lui semblait déjà rejoindre la cour des grands... Et son œuvre de finir dans la poussière, et son nom de retourner à l'anonymat d'où il avait à peine émergé.

Dans la fange des espoirs meurtris et des providences déçues. À peine apparu que déjà disparu, Jules Derain… Comme tant d'autres d'ailleurs, il ne suffisait que de piocher au hasard : Aude Bastin, Frédéric Andrey, Christian Chemin, Jules Livourne, Anne Keim… Ce hasard de livres comme une forêt d'arbres morts… En irait-il de même pour Tristan Chagrin ? Non, car Reine allait trouver son roman le soir même et travailler à le faire connaître. Elle avait ses réseaux, elle pouvait favoriser sa carrière littéraire, le propulser sur le devant de la scène. Ils allaient faire un bout de chemin ensemble, main dans la main. Obnubilée par lui, elle serait sa bonne étoile, sa providence, sa baraka…

— Mais Madame, enfin, je vous dis que c'est terminé, que c'est l'heure ! Pourquoi vous insistez comme ça ? Vous pouvez pas respecter les gens qui travaillent ? Nous, on a nos horaires, et puis après on a une vie. On a des femmes et des enfants qui nous attendent. On a tout de même le droit de finir à l'heure, non ?

Reine ne fut pas longue à reprendre ses esprits.

— Naturellement ! Des fois que vous manqueriez votre feuilleton à la télé !

— Qu'est-ce que vous dites, Madame ?

— Rien ! Il se trouve que moi aussi je travaille, Monsieur ! Simplement vous êtes censés fermer à 19 h 30, or il n'est que 19 h 25. Il me reste donc cinq minutes. Parce que de deux choses l'une : soit vous affichez que vous fermez à 19 h 15 et vous commencez à plier bagage, comme vous avez coutume de le faire, mais à l'heure officielle ; soit vous fermez effectivement à 19 h 30 et vous ne refoulez pas les clients avant la demie sous prétexte que vous avez un train à prendre ou des enfants à nourrir. Je ne vois pas pourquoi ce serait aux clients d'assumer pour vous ces contingences.

— Écoutez, Madame, ne cherchez pas à m'embrouiller. De toute façon, maintenant, il est 19 h 30. Alors, lâchez ce bac, et laissez-nous travailler.

— Non ! J'ai encore une minute ! Je sais exactement ce que je cherche...

Reine essayait à présent de s'emparer de livres, n'importe lesquels, tandis que le vigile la tirait par le bras. Un petit attroupement s'était formé autour d'eux.

— Laissez-moi ! Mais laissez-moi ! Je vais le dire à votre patron, que vous maltraitez vos clients. Espèce de malotru !

— Qu'est-ce que c'est ? intervint un homme que son faciès buté et son uniforme désignaient comme un agent de sécurité. D'un signe de la main, le vigile lui fit comprendre qu'il avait affaire à une demeurée.

— Encore une dingue ? Allez, tu dégages, sinon j'appelle la police.

Reine était tellement suffoquée qu'elle ne trouvait plus la force de rien dire. Habituée aux égards, enveloppée de son prestige social comme d'une fragrance précieuse, elle ne pouvait concevoir qu'on la traitât comme une importune, une moins que rien.

— Vous ne savez pas qui je suis, balbutia-t-elle.

— C'est ça, c'est ça… Bon allez, Bernadette Chirac, on t'a assez vue, tu te tires !

4

Déambuler... Arpenter les trottoirs pour se calmer les nerfs... Se rincer l'esprit à l'air vicié des heures de pointe... Aller, venir, regarder les vitrines, les images, les vêtements ajustés sur des mannequins inertes...

Reine ne se possédait plus. Il lui fallut marcher un long moment, marcher, marcher, et marcher encore pour mieux fouler aux pieds les pulsions homicides qui se levaient en elle comme autant de fantômes. Elle descendit le boulevard Saint-Michel jusqu'au boulevard

Saint-Germain, longea les grilles du jardin de Cluny dont elle fit le tour jusqu'au square Paul-Painlevé. Puis elle s'engagea dans la rue Champollion, déboucha sur la place de la Sorbonne. Observa son reflet dans la vitrine de la librairie Vrin : elle, elle, elle ! Elle n'en pouvait plus d'elle-même !

Elle alla s'acheter, au Franprix de la rue de Vaugirard, une pomme. Compara les prix des théières dans une boutique japonaise. Regarda les photos aux grilles du Luxembourg.

Elle redescendit la rue Corneille, puis la rue Racine, retomba sur le boulevard Saint-Michel, à la hauteur de Gibert dont le rideau de fer, à présent, était baissé.

À force d'arpenter les trottoirs, Reine s'éprouvait comme poreuse à l'hostilité de la rue. L'air était chargé de particules sales qui se mêlaient au crachin pour mieux s'incruster dans sa peau. Les émanations des gaz d'échappement imprégnaient ses cheveux, ses vêtements. Les rumeurs du trafic vrombissaient dans sa tête, recouvrant d'une marée de nuisances cette petite voix intérieure qui ne lui laissait aucun répit. Étourdie, vidée, Reine ne se sentait plus rien, ni personne. Elle allait, telle une écorchée, à l'assaut de cette soirée dont l'issue lui demeurait incertaine. Elle vaguait, pur faisceau de sensations, dans le tohu-bohu. Coups de klaxon, éclats de conversations, lueurs violacées des réverbères, elle était tout cela à la fois. Et aussi l'amoncellement de chaussures en devanture de chez Marylin. Et les lunettes en pagaille chez Latin Optique. Et les robes de MG Girls. Son regard s'écarquillait sur du vide, elle ne pensait plus à rien. Et c'était comme une hémorragie existentielle : il lui semblait se répandre, se dégorger toute sur le bitume, et que le trésor de son être s'écoulait dans le caniveau.

Elle se surprit à consulter la carte des sandwiches, affichée à la porte d'un Pomme de Pain.

« Mais qu'est-ce que je suis en train de faire, là ? »

Les vertus comparées d'un crudités-poulet et d'un jambon-beurre lui firent recouvrer cette raison qu'elle avait abdiquée, le temps de sa promenade minablement extatique. Elle se souvint aussitôt de ce roman qu'elle voulait, qu'elle obtiendrait coûte que coûte. Tristan Chagrin : à moi !

Elle se rendit à La Hune, puis à L'Écume des pages, mais ce fut pour se heurter à la même absence.

« *Je t'interroge, plénitude ! – Et c'est un tel mutisme...* » déchantait sa mémoire de Saint-John Perse.

Elle aurait bien poussé son investigation jusqu'à la librairie Gallimard, sur le boulevard Raspail, mais il était vingt heures passées : en cet horaire commercial tardif, la providence fermait boutique et les librairies leurs portes. C'en était fini. Reine n'avait plus qu'à mendier sa chance à la nuit. Car ce livre dont elle ne savait rien mais qui dans son rayonnement éclipsait tous les autres, ce livre ne se trouvait nulle part ! Dès lors, où aller ?

— Nulle part...

— Où çà ?

Reine venait de monter dans un taxi.

— Je veux dire au Virgin Megastore, sur les Champs-Élysées.

Reine avait énoncé cette direction presque malgré elle. Elle détestait les Champs-Élysées, elle n'y mettait pour ainsi dire jamais les pieds. Du temps de leur amour, Henri aimait pourtant à s'y promener, en particulier lorsqu'il s'agissait de fêter leur anniversaire de mariage. Il l'invitait à dîner au Fouquet's, puis l'emmenait voir un film au Balzac ou au Mac-Mahon. Pour Reine, ces soirées étaient un cauchemar. Elle détestait s'agréger à ces troupeaux de touristes qui traînaient la savate en léchant les vitrines de boutiques que l'on trouvait partout ailleurs. Les Champs-Élysées lui semblaient le milieu de nulle part, ou plus exactement la matrice d'un néant moderne qui inquiétait sa sensibilité pétrie de mémoire. Et elle n'était nullement sensible à cette « perspective glorieuse » que Henri admirait tant, à

« cet Arc de Triomphe si puissant qu'il terrassait le soleil, lorsque l'astre s'allait coucher sous sa voûte et roulait, tel un fleuve d'or, sur l'avenue ». Reine avait découvert ce brouillon parmi les papiers de son époux, un soir qu'elle avait fouillé dans son secrétaire pour recueillir la preuve qu'il la trompait avec Stacey. Cette odelette adressée à sa rivale s'achevait sur une formule vaguement propitiatoire quant à l'avenir de leur « fol amour ». Nul doute que cette idiote s'était pâmée de vanité à la lecture de telles fureurs poétiques ! Pour sa part, Reine avait voué une sainte horreur à ce « fleuve d'or » qui roulait dans ses flots la seule évidence du désamour et de la trahison.

Souvenir lamentable entre tous… Henri, qui n'avait pas supporté d'être confondu par une preuve si humiliante, avait explosé en invectives contre elle. Il l'avait traitée de connasse, lui avait dit qu'il ne pouvait plus la saquer, qu'elle le dégoûtait avec sa bonne conscience et ses certitudes, qu'elle voulait toujours avoir raison mais se trompait sur l'essentiel. Avant de lui assener le coup fatal : « Eh bien oui, j'ai une liaison avec Stacey, puisque tu veux tout savoir, et ça fait plusieurs mois que ça dure, et avec elle, au moins, je m'éclate. » Le sang de Reine n'avait fait qu'un tour. S'éclater ! C'était donc ça, son nouvel idéal de vie ? S'éclater ? Il fallait vraiment que cette salope l'ait ensorcelé pour qu'il fût capable de se renoncer de la sorte. Car Reine ne doutait pas que ce « fol amour » ne tenait qu'à l'exultation de son pauvre corps rongé d'abstinence. « Quelques frottements de muqueuses dans une chambre d'hôtel clandestine, et tu crois de nouveau au miracle de l'amour ! » Sans doute était-elle allée trop loin. Henri lui avait intimé l'ordre de fermer sa gueule, puis, hors de lui, s'était mis en quête d'un objet sur lequel décharger sa haine. Le vase Gallé que Reine tenait de sa mère s'était fracassé sur le mur, de même que leurs seize ans de mariage.

Reine se rejouait à l'envi cette scène de mauvais vaudeville qui avait consommé leur désunion. Sa mémoire n'en finissait pas de dresser l'échafaud du désastre conjugal. Qu'y avait-il là à saisir, qui se dérobait à son entendement ?

N'était-elle destinée qu'à lacérer ses souvenirs au vitriol de l'aigreur ?

5

Certainement, elle avait tout essayé, est-ce qu'elle n'aurait pas dû renoncer à ce livre et rentrer chez elle ? Car enfin – et devait-elle s'en étonner ? –, *Si seulement l'amour* ne se trouvait pas non plus au Virgin Megastore. Et ce n'était pas faute d'avoir martyrisé les vendeurs, ces incapables, afin qu'ils retournent tout le rayon pour le lui trouver, ni d'avoir fait appeler le Virgin du Carrousel pour vérifier si, par le plus grand des hasards, ils l'avaient en rayon. Mais ils ne l'avaient pas, évidemment. Alors, sans doute,

Reine aurait dû remettre cette lecture à un jour plus favorable et revenir au cours normal de son existence. Seulement voilà, ce quotidien laborieux dont ses jours étaient tissés sans compensation aucune depuis que Henri avait quitté le domicile conjugal, elle avait décidé de le jeter aux orties. Et elle s'était engagée trop avant dans ce désir pour se résigner à sa solitude. Que trouverait-elle dans cet appartement trop vaste dont elle n'était déjà blasée ? Sous la lueur d'une seule lampe, assise à ce bureau autour duquel n'étaient que des chambres vides, s'épuiserait-elle de nouveau à corriger des copies en souffrance ? À l'heure qu'il était, et en comptant le temps qu'il lui fallait pour rentrer chez elle, elle en avait au bas mot jusqu'à trois heures du matin. Et puis, pouvait-elle décemment se soumettre aux impératifs de la Bichard ?

Depuis quelques semaines, cette dernière se permettait d'afficher à l'endroit de Reine une assurance qui frisait parfois l'autorité, comme si elle tentait de rogner du terrain sur l'écart hiérarchique qui les séparait pourtant de manière irrévocable. Que s'imaginait-elle ? Que ses mesquines accointances avec Grégoire lui conféraient un surcroît de prestige administratif ? L'exemptaient d'aborder Reine avec une déférence teintée de crainte ? Ne fût-ce que pour moucher l'impudence de cette misérable secrétaire, et dût-elle remuer ciel et terre, Reine le trouverait, ce livre de Tristan Chagrin ! Et déjà elle se flattait du plaisir désinvolte qu'elle éprouverait à annoncer à la Bichard que, non, elle ne les avait pas corrigées, ses copies – lui laissant entendre en dernier lieu que c'était elle qui commandait :

elle, elle, elle, et personne d'autre ! Car enfin, on nageait en plein délire ! Il n'appartenait aucunement à cette petite pionne de l'administration de lui donner des ordres !

Mais il n'était pas si facile de remuer ciel et terre : Reine avait beau se sentir toute-puissante, elle n'en était pas moins incertaine du parti à adopter. Aussi se contenta-t-elle d'errer dans les étages du magasin, à la recherche d'une idée. Elle se dirigea vers le rayon des disques classiques, et plus particulièrement vers les opéras qui avaient sa préférence. Quelle ne fut pas sa surprise d'y apercevoir Roland, le meilleur ami d'Henri, qui écoutait une nouveauté au casque ! Il dodelinait de la tête, en mesure sans doute, et s'arrêta net, comme médusé, lorsqu'il croisa le regard de Reine. Elle-même avait amorcé un mouvement de recul pour esquiver cette rencontre embarrassante, mais trop tard : ils n'avaient d'autre choix que de s'aborder à présent. Reine enclencha la poupée sociale sur le mode du pilotage automatique et s'avança vers lui d'un air affable. Tout en se maudissant de n'avoir pas songé aux risques qu'elle encourait de le croiser en ce Megastore non loin duquel il habitait, et que sa « passion discophagique et lyricomaniaque », comme il se plaisait à dire – du moins à cette époque lointaine où Reine le tenait pour un ami –, portait à fréquenter tous les jours. Roland ôta le casque de ses oreilles et alla au-devant d'elle.

— Reine ! Mais enfin, c'est incroyable ! Je parlais de toi il n'y a pas une heure ! Avec Ingrid, on se disait qu'il fallait vraiment qu'on t'appelle pour t'inviter à dîner. Ça fait tellement longtemps !

— En effet, répondit Reine sur un ton plein d'amertume.

Elle savait que Roland et Ingrid avaient reconstitué avec Stacey le quatuor qu'ils formaient de son temps à elle. Elle leur en voulait de l'avoir ainsi délaissée, comme s'ils avaient pris parti contre elle, comme s'il avait fallu prendre parti contre quelqu'un dans ce divorce qui, nonobstant quelques scènes pénibles, s'était tout de même conclu à l'amiable. Avaient-ils compris, avaient-ils seulement voulu comprendre que Henri l'avait trahie, abandonnée, et pas même pour une femme plus belle ou plus jeune qu'elle – ce qui aurait donné quelque prise à son chagrin –, mais pour une femme de son âge sans séduction particulière, californienne de surcroît, et qui ne pouvait l'égaler intellectuellement ? Mais puisque Henri « s'éclatait »... Et puisque l'épouvantail psychorigide et moralisateur avait été remisé au placard – victime expiatoire de ces amitiés euphoriques mais superficielles –, Reine ne doutait pas qu'ils « s'éclataient » tous les quatre, au cours de ces soirées dont elle continuait d'éprouver la nostalgie.

— Dis-moi, on était déçus de ne pas te voir à la réception de Stacey. Henri t'avait invitée, non ?

— Ah, oui... En fait je n'ai pas pu me libérer. J'étais tellement débordée par la rédaction de mon dernier essai...

— Stacey était triste que tu ne sois pas là. C'est quand même génial que vous soyez aussi copines. Je sais que ça fait très plaisir à Henri aussi.

— Et comment était-ce, cette petite réception ? demanda Reine en feignant de consulter la distribution d'un coffret d'opéra.

— Vachement bien ! Il y avait un monde de folie. Et puis, Stacey était très fière. Je la comprends : Chevalier des Arts et des Lettres, c'est très gratifiant !

— Oui, enfin… surtout pour une Américaine ! Parce qu'à ce grade-là, c'est un peu du tout-venant. J'ai consulté la liste des promus : il y avait entre autres un présentateur de journal télévisé et une obscure chorégraphe en résidence à Saint-Étienne.

— Oui, oui, bien sûr… Mais au fait, qu'est-ce que tu fais là ? Je croyais que tu détestais ce magasin ?

— En effet. Mais je ne suis venue ici qu'en désespoir de cause. Cela fait au moins deux heures que je cherche un livre que je ne trouve nulle part, et j'ai pensé que j'avais une chance de le dénicher ici. Peine perdue, évidemment…

— Et c'est quoi, ce livre ?

Reine se surprit à déglutir. Elle en avait trop dit et allait devoir révéler ses médiocres aspirations à l'un des chroniqueurs littéraires les plus assassins de la capitale. Elle se lança dans le mensonge comme elle se serait jetée dans le vide.

— Oh, rien de bien intéressant ! Il se trouve que je reçois demain une étudiante qui fait un mémoire de Maîtrise sur la rentrée littéraire, et je n'ai pas encore lu l'auteur sur lequel elle a travaillé jusqu'à présent. Alors, c'est très délicat, parce qu'il faudrait tout de même que je l'aie lu, ou au moins parcouru, d'ici à demain, et je ne parviens pas à mettre la main dessus.

— Mais c'est quoi ce livre ?

Il fallut bien obtempérer. Marie Stuart ne s'était-elle pas dirigée la tête haute vers le billot ? Aussi fut-ce avec une affectation de désinvolture que Reine marmonna, plus qu'elle ne nomma, ce livre dont elle était obsédée depuis son déjeuner avec Stacey.

— Eh bien, avec un titre pareil, ça doit être une de ces merdes ! Et c'est là-dessus que tu fais bosser tes étudiants ? Vraiment, vous n'en ramez pas une à la Sorbonne !

— Écoute, Roland, arrête de me chambrer. Si tu crois que ça m'amuse !

— Allez, Reine, je plaisante ! D'ailleurs, je me demande si je ne l'ai pas reçu... Oui, ça me dit vaguement quelque chose... C'est édité chez qui ?

— Je ne saurais te dire... Ça m'est complètement sorti de la tête.

— Décidément, c'est du sérieux ! Bon, il est sorti quand, ton chef-d'œuvre ?

— Là, en septembre.

— Oui, évidemment ! Et je suppose que personne n'en a parlé.

— Si. Il me semble qu'il a eu un article assez élogieux dans un magazine féminin, *Elle* ou *Le Figaro Madame*. Enfin, quand je dis un article, c'était peut-être un entrefilet. Mais il y avait une photo.

— Ah, mais ça me dit vraiment quelque chose, maintenant... Je me demande si je ne l'ai pas vu passer dans les livres qu'on m'a envoyés cet été. Et vu que je n'ai pas appelé le soldeur, il doit être encore chez moi, dans le bordel.

Au seul mot de « bordel », Reine se sentit transportée par un mouvement de joie qu'elle ne parvint pas tout à fait à refréner. Par le « bordel », elle s'en souvenait, Roland désignait un cagibi où s'empilaient les exemplaires de presse dont il voulait se débarrasser. Trouverait-elle son bonheur en cet enfer domestique ? Elle avait beau détester la façon dont cet homme de pouvoir s'emparait du désir d'autrui pour se rendre indispensable, il ouvrait une brèche dans l'horizon de cette soirée. Bien sûr, Reine avait une haute idée de son honneur et de sa dignité, en d'autres circonstances, elle se serait réfugiée sous les précautions d'un maintien froid. Mais dans l'extrémité où elle se trouvait, pouvait-elle négliger cette chance qui se présentait à elle ? Pour autant, elle n'avait aucune certitude quant à la présence de ce livre dans le « bordel ». Aussi balançait-elle à accepter le secours que son ancien ami semblait lui offrir.

Et cependant, l'espoir se glissa dans son cœur, qui lui fit rompre toutes les digues...

C'est que, naturellement, elle ne voulait pas importuner Roland avec ses histoires, mais force lui était de le reconnaître, ç'aurait été formidable s'il avait eu ce livre. Il l'aurait tirée d'une situation très délicate – en effet, elle ne pouvait se permettre de recevoir une étudiante sans avoir lu au moins quelques lignes de l'auteur sur lequel cette dernière avait travaillé, son image en aurait été ternie, et sa réputation aussi d'ailleurs, si la cruche crachait le morceau, vu la malveillance de ses collègues – d'ailleurs il ne fallait pas que Roland allât s'imaginer que c'était dans ses habitudes de se montrer si négligente, ah çà non ! jamais, au grand jamais elle n'agissait ainsi, mais ces derniers temps elle avait eu un travail de folie, oui, vraiment, elle pouvait aller jusqu'à dire qu'elle avait eu un travail de dingue, si bien qu'elle n'avait pas eu le temps de s'occuper de cette Maîtrise dénuée du moindre intérêt, mais qu'elle avait été obligée d'accepter sous prétexte que cette étudiante lui avait été recommandée par une de ses collègues qui lui avait rendu un service par le passé – preuve qu'il ne fallait jamais accepter qu'on vous rendît service, après quoi il fallait rendre au centuple la faveur de celui ou celle qui vous avait obligée, et rien ne valait l'indépendance absolue, surtout à la Sorbonne, encore que Roland dût connaître ça à la Radio, le monde du travail n'était fait que de prédations, et comme disait l'autre, *homo homini lupus* –, enfin bref, elle n'agissait jamais de la sorte, mais là, c'était vrai, il fallait bien le reconnaître, elle avait « merdé » comme auraient dit ses étudiants, et elle s'en mordait les doigts, et elle n'avait déjà perdu que trop de temps à rechercher ce livre, et même on l'avait insultée chez Gibert, parce qu'elle avait mis les employés face à leurs contradictions, et vraiment Roland lui rendrait le plus grand des services s'il pouvait lui procurer ce livre dès ce soir, d'autant plus qu'il habitait tout à côté, il n'était pas bien difficile de faire un saut jusqu'à la rue de la Trémoille, un coup d'œil n'engageait à rien n'est-ce pas, et même ce serait avec plaisir qu'elle reverrait Ingrid, et, dans le fond, n'était-ce pas la meilleure occasion, que disait-elle ? l'occasion rêvée de reprendre contact avec elle, puisque après tout la littérature avait aussi cette fonction fédératrice, de cela elle était de plus en plus persuadée, elle qui passait la plupart de ses soirées à lire, oui, la littérature rapprochait les êtres, il lui semblait vraiment ouvrir avec chaque livre la porte d'une communauté de lecteurs qui s'abreuvaient à la même source et fratern…

Naturellement, Roland était désolé de lui couper la parole, d'autant plus qu'il abondait sans réserve dans le sens de ce catéchisme littéraire – et pouvait-il n'en être pas d'accord, lui qui réunissait chaque semaine quelques milliers d'auditeurs avec son émission ? Alors, oui, il aurait rendu ce service à Reine avec un immeeeense plaisir – si bien sûr elle n'y voyait pas d'inconvénient, d'ailleurs il lui promettait de ne rien lui demander en échange (à part, peut-être, de lui foutre la paix ?). Le seul problème, c'est qu'il était invité à dîner et qu'il était déjà très à la bourre. Donc, si Reine voulait bien patienter jusqu'au lendemain, il vérifierait s'il avait ce roman et, le cas échéant, le lui ferait livrer par coursier.

— Mais il me le faut absolument ce soir ! J'ai rendez-vous demain à 8 h 30 avec cette étudiante, je ne peux pas attendre ! N'y a-t-il pas moyen de passer chez toi, même en coup de vent ?

— Je suis désolé, Reine, mais même avec la meilleure volonté du monde, je ne peux rien faire de plus. Quelle heure est-il ? Ouh là, il faut que je file !

— Ce que je trouve tout de même curieux, c'est que tu ne semblais pas si pressé, tout à l'heure, quand tu dilapidais tes précieuses minutes à écouter une énième version de *La Traviata !*

— Sans doute, répondit Roland dans un sourire crispé. Il se trouve juste que tout à l'heure, il n'était que vingt heures dix, j'étais donc en avance. Et mes précieuses minutes, comme tu le dis, je les ai consacrées à ce précieux bouquin dont tu me parles depuis environ une demi-heure. Donc, maintenant, je suis en retard. Et il faut que je file. Allez, ma grande, sans rancune, hein ? C'était super de te croiser. Ciaooooo !!!

6

« Sans rancune »… Pauvre type, va !

Évidemment qu'elle lui gardait rancune de s'être ainsi payé sa tête ! Et il s'était montré d'autant plus impudent à son endroit qu'il n'avait probablement jamais eu l'intention de l'inviter à dîner ! Mais de quelles vilenies n'aurait-il été capable pour éviter de l'affronter honnêtement, elle, l'éternelle emmerdeuse aux humeurs impossibles !

En attendant, elle se demandait ce qu'elle pouvait bien faire là, à battre la semelle sur ce bout de trottoir…

Qu'allait-elle donc chercher en cette rue de la Trémoille embrumée de crachin nocturne ?

Oh, rien !

Difficile à dire...

C'était stupide, sans doute... Mais à faire le pied de grue devant l'immeuble de Roland, il lui semblait conjurer quelque peu sa défaite et n'avoir pas encore perdu le sésame des possibles.

Et ce sac en bandoulière, lesté de copies, qui lui rompait l'épaule !

Elle en avait marre, de tout ! De ces prétendus amis qui la refoulaient sans cesse hors de leur intimité, de ces politesses urbaines qui ne dissimulaient qu'indifférence pour sa solitude, du panégyrique constamment adressé à Stacey, le Chevalier des Arts et des Lettres ! Et Reine qui avait passé sa carrière à mener des conférences brillantes à travers le monde – en cette seule année, n'avait-elle pas participé à un colloque sur la métaphore au XXe siècle en la prestigieuse université de Vilnius ? n'avait-elle pas ébloui un parterre de Coréennes (certes dans le cadre d'un programme d'échange avec l'Université de Liège, mais tout de même) avec une communication sur René Char ? –, Reine n'avait jamais reçu la moindre reconnaissance de l'État, sinon de pauvres Palmes académiques qui n'auraient pas même satisfait un professeur de banlieue ! Tout le monde se fichait bien de son mérite, à commencer par son éditeur d'époux qui considérait ses travaux avec un mépris à peine dissimulé. « Alors, tes recherches sur le point-virgule chez Valéry, ça avance ? » Elle n'était pas près d'oublier cette question volontairement humiliante ! Il la lui avait assenée devant tous leurs convives, au cours d'une réception qu'ils avaient donnée pour fêter le Prix Wepler d'un de ses auteurs. Mais devait-elle s'en étonner ? L'acte de foi du chant poétique pouvait-il représenter quelque chose, encore, pour ce directeur de collection proclamé « pape de l'extimité », et qui s'enorgueillissait de publier des obscénités prétendument littéraires ? Et il suffisait que l'autre se pointe, la bouche en cœur, avec ses diplômes d'Harvard et ses prétentions à la modernité pour remporter le morceau ! C'était trop facile !

Personne dans les rues, aucune lueur aux fenêtres… Quel étrange mouvement se levait donc en Reine ? Quel désir de transpercer ces décourageantes apparences ? Elle se sentait mue par l'imminence d'une impulsion à laquelle, elle le savait, elle ne saurait résister. Quand le démon du saccage s'emparait d'elle, c'était une tentation irrésistible, elle ne pouvait s'y soustraire. Et elle ne manquait pas de tempérament, loin de là ! N'avait-elle pas jeté son whisky à la figure d'Henri, la première fois qu'ils s'étaient retrouvés « à l'amiable » et qu'il lui avait demandé le divorce ?

Anxieuse, Reine, et son cœur palpitant, tandis qu'elle composait de mémoire le digicode.

Sans un bruit, la lourde grille s'entrouvrit. Reine pénétra dans la cour obscure, éclairée par les seuls vitraux d'une imposante et pompeuse cage d'escalier. Petite et encaissée, cette cour révélait l'envers du décor, les rebours sordides de ce prestige haussmannien crânement affiché sur les façades ouvragées. Des années de pluie avaient épandu sur les murs un lavis cafardeux.

Reine n'avait jamais compris comment Roland et Ingrid avaient pu s'ensevelir dans un tel gourbi. Il fallait croire que le prestige de l'adresse avait conquis cette petite snobinarde d'Ingrid qui n'aurait pu concevoir d'habiter ailleurs que dans le VIIIe arrondissement. Et puis, bien sûr, il y avait « le marronnier »... Ah, ce marronnier ! Reine en avait les oreilles rebattues ! À en croire Ingrid, qui l'évoquait d'ailleurs comme « son marronnier » – avec cette manie de l'appropriation qui caractérisait si bien son narcissisme –, il insufflait dans l'appartement des flux d'énergie positive propres à la rasséréner. Foutaises d'obédience New Age qui avaient le don de l'excéder ! Et encore lui avait-il fallu ravaler ses perplexités ! À peine avait-elle avancé un argument en défaveur de ce spiritualisme ridicule que Henri déchargeait sur elle une mitraille de reproches : elle s'était fermée à toute dimension métaphysique, enfermée dans un rationalisme bien-pensant, entendait tout contrôler par le langage mais se montrait incapable de la moindre empathie – et patati et patata. C'est qu'il ne fallait pas y toucher, à la femme de son meilleur ami ! Gogo comme pas deux, désireux surtout de rester à la page, ce qui à son âge devenait franchement pathétique, il avait donné dans le panneau. Et où était l'amour conjugal dans tout ça ? Où ?

Bref !

Elle leva machinalement la tête vers le balcon du deuxième étage. Les lumières étaient éteintes, il n'y avait personne – et après ? évidemment qu'il n'y avait personne, ils étaient sortis dîner : la belle affaire ! Ce qu'elle pouvait être idiote parfois ! Et puis, que pouvait-elle bien poursuivre, plantée là, à seulement regarder ces portes-fenêtres derrière lesquelles se trouvait peut-être le roman de Tristan Chagrin ? Presque sous ses doigts déjà, et cependant inaccessible, c'était rageant ! Si d'un regard fulminant, elle avait pu réduire en poudre les murs de cet immeuble ! Elle n'aurait plus qu'à aller se servir dans le « bordel »…

Mais à quoi bon se rêver des pouvoirs impossibles…

Impossibles ?

Et pourtant, non, Reine ne rêvait pas : l'une des portes-fenêtres du salon était entrouverte…

Impossibles ?

Décidément non, Reine ne rêvait pas : l'une des branches du marronnier remontait à hauteur du balcon…

Épiphanie grisante, jubilatoire !

Ce qu'elle poursuivait ? Mais elle venait précisément de le découvrir : la possibilité d'escalader le marronnier pour pouvoir pénétrer dans l'appartement ! Et ce n'était pas ce petit mètre de distance entre la branche et le balcon qui allait la décourager. Une fois parvenue au sommet, avec un petit élan, elle n'aurait plus qu'à sauter dans le vide et se rattraper à la balustrade.

Rien que de très simple, en somme.

7

Une question tout de même se posait : est-ce que cette possibilité soudain entrevue de satisfaire son désir relevait du délit ou du délire ? Reine n'en perdait pas la mémoire, il s'agissait d'entrer sans en avoir la permission chez… mais chez qui au juste ? Chez des amis ! Et sans effraction ! Donc, elle n'était pas en train de méditer un cambriolage ni n'allait à l'encontre de la loi. Elle s'autorisait simplement à anticiper le don que Roland se disait prêt à lui accorder, moyennant les délais de sa mauvaise foi. Car il avait beau dire, il aurait pu faire l'effort de passer rapidement chez lui et de le lui donner, ce livre ! « Très à la bourre »... elle croyait rêver ! Il était toujours « très à la bourre »... Alors quoi, est-ce qu'elle allait s'embarrasser de scrupules pour ce goujat qui, lui-même, n'en avait aucun et se contentait de suivre son bon plaisir ? Et puis, en agissant de la sorte, elle ne ferait que lui administrer une petite leçon : il n'avait pas voulu accéder à son désir pour mieux la tenir à distance ? il s'acharnait à la nier ? il allait comprendre qu'on ne se débarrassait pas d'elle comme ça ! Oui, elle allait prendre une revanche sur la désaffection dont elle avait été victime. Et encore, quelle revanche ! Un livre dont personne ne se souciait sauf elle, un livre qui reposait au fin fond d'un cagibi, un livre dont ni Roland ni Ingrid ne constateraient la disparition. Dès lors, que pourrait-on lui reprocher ?

Se hissant sur le couvercle d'une poubelle pour atteindre l'enfourchure du marronnier, Reine s'assura de sa stabilité. Mais ses talons s'enfonçaient dans le plastique mou, compromettant dangereusement son équilibre. Une phrase stupide lui revint à l'esprit, souvenir lointain d'une affiche de cinéma exposée dans le hall du Balzac : « On ne traverse pas la jungle en talons aiguilles » – n'était-ce pas affligeant, tout de même, de constater à quel point la mémoire pouvait se laisser parasiter par de telles inepties ? Était-ce donc là tout ce que Henri avait su lui léguer, ces débris de langage qui ne servaient à rien ? Mais enfin, l'heure n'était pas aux revendications post-matrimoniales…

D'autant plus qu'il lui fallut fournir un effort démesuré – elle dut s'y reprendre à plusieurs fois, le front en sueur, car ses chaussures ripaient sur l'écorce – pour se hisser sur cette foutue enfourchure. Si elle continuait ainsi, son escapade risquait de bousiller ses précieux escarpins. Déjà l'empeigne en était tout éraflée – mais elle le savait à présent : « On ne traverse pas la jungle en talons aiguilles. »

Elle considéra un instant les branches au-dessus d'elle, la noirceur du bois rendu à sa crudité hivernale. Et songea aux *Soirs* de Verhaeren : « Comme de grands bras fous qui veulent fuir leur corps » – bras fous dont elle se saisit pour entreprendre son ascension. Mais arrivée à hauteur du balcon, Reine dut se rendre à l'évidence : elle était dans une fâcheuse posture, et même, elle s'était fichue dans un sacré pétrin, car non seulement sa position ne lui permettait aucunement de sauter où que ce fût, mais surtout elle ne voyait absolument pas comment elle pourrait redescendre de là – et par quelle inconséquence fâcheuse n'y avait-elle pas songé plus tôt ? Donc, oui, indubitablement, il ne fallait pas se le cacher, elle s'était « foutue », comme on dit, « dans une sacrée merde ». Qu'elle sautât dans le vide ou entreprît de redescendre comme elle était montée, une seule certitude l'étreignait : elle finirait sur le carreau !

Dans ses sombres spéculations, Reine n'avait pas songé à cette troisième possibilité qui pourtant advint sans qu'elle ait eu le temps de dire ouf : dans un grincement sinistre, la branche sur laquelle elle était assise d'un seul coup se brisa. Reine aurait été précipitée à terre si elle n'avait eu le réflexe de se cramponner au moignon de ladite branche et de caler ses talons contre la balustrade. Plus de peur que de mal, sans doute, mais elle se retrouvait pour ainsi dire accroupie dans le vide. Et déjà le poids de son corps la tirait vers le bas, et déjà son bras gauche était déchiré par une violente tension musculaire.

Et avec quelle panique, cependant qu'elle se tenait crispée dans cette posture impossible, elle crut entendre le bruit aigu du digicode ! Est-ce que quelqu'un entrait dans l'immeuble ?

Surtout, ne pas bouger. Se tenir coite. Serrer les dents pour se donner du courage.

Mais une voix qu'elle redoutait d'entendre déchira le silence.

— Mais que fait cette poubelle au milieu de la cour ?... Mais... Mais, il y a quelqu'un qui essaie de sauter sur mon balcon ! Au secours !!! Pilar, Pilar, appelez la police ! Pilaaaaar !!! Non, attendez ! Je la connais... Mais je rêve : c'est Reine ! Reine, mais qu'est-ce que tu fais là ? Reine, réponds-moi ! REINE ! Qu'est-ce que tu fais là ?

— Je... Rien ! susurra-t-elle d'une voix lamentable.

En une fraction de seconde, ce fut la catastrophe. Le temps mesuré, rythmé par le tic-tac des montres, des horloges, ce temps soudain vola en éclats comme une vitre fragile. Dans sa chute, Reine embrassait l'espace sans fin ni mesure de sa propre disparition. Il n'y avait plus d'avant ni d'après. Rien que cet instant dilaté à l'infini.

Et Reine de s'éterniser dans un vertige...

Avant de s'écraser sur la poubelle qui, sous le choc, se renversa.

« Regarde ! Elle s'est vautrée comme une merde ! » s'exclama une voix du dernier étage – coryphée goguenard de cette misérable saynète.

Mais déjà les gémissements d'Ingrid lui transperçaient le crâne.

— Ô, mon Dieu ! mon Dieu ! Reine, est-ce que tu m'entends ? Reine, dis quelque chose, je t'en prie !

Reine gisait dans un déluge d'ordures. Il lui fallut quelque temps pour rassembler les éclats épars de sa conscience. Elle n'était donc pas morte ? Agenouillée près d'elle, un sac Noura à la main, Ingrid la fixait de ses grands yeux noirs. Derrière elle se tenait Pilar, la concierge qui, ayant traîné la savate jusque sous le porche, les observait d'un air stupide.

— Qu'est-ce que tu fais là ? Je croyais que Roland et toi dîniez chez des amis ?

— Quoi ? Mais, je... Mais enfin, Reine, ce serait plutôt à moi de te poser la question ! Qu'est-ce que tu faisais sur mon balcon, pendue à cet arbre ? Je... C'est un miracle que tu ne sois pas morte. Pilar, appelez les secours, vite ! Oh ! je ne comprends rien, je sens que je vais devenir folle !!! Pilar, les pompiers !

— Mais non, mais non, je vais très bien, rétorqua Reine en essayant de se lever. Mais d'une main autoritaire, Ingrid la plaqua au sol.

— Ne bouge surtout pas ! Tu t'es peut-être brisé les côtes, et le moindre mouvement pourrait t'être fatal. Pilar, je suis désolée. C'est la situation la plus absurde que j'aie jamais vécue...

Deux pompiers firent irruption dans la cour. L'un d'eux se pencha vers Reine et Ingrid, et demanda ce qui s'était passé.

— Allez savoir, rétorqua Ingrid. Je suis sortie de chez moi pour me rendre chez le traiteur, et lorsque je suis rentrée, j'ai trouvé cette femme suspendue au marronnier, qui tentait de s'élancer sur mon balcon. Elle est folle, elle est complètement folle ! Le pire, c'est que je la connais. C'est l'ex-femme du meilleur ami de mon mari.

— Ouh là ! Ça semble bien compliqué votre histoire… Madame, Madame, vous m'entendez ?

— Oui, oui, je vous entends, répondit Reine qui, accablée, ne cherchait même plus à se relever. Pas la peine de hurler comme vous le faites, je ne suis pas encore impotente !

— Est-ce que vous pouvez bouger ? poursuivit le pompier qui semblait décidé à ignorer le tragi-comique de la situation. Pouvez-vous tourner la tête à droite et à gauche ?

Oui, elle le pouvait. Non, elle n'était pas blessée. Mais la vision de ses copies éparpillées sur le sol meurtrit sensiblement ce qu'il lui restait de conscience professionnelle. Mêlées aux détritus, les précieuses dissertations de Licence partaient en lambeaux. Et cependant, était-ce si grave que ces agglomérats de mots inutiles se diluent avec la pluie ? Était-ce si grave que la Bichard allât effectivement se faire voir ailleurs ?

Avec d'infinies précautions, le pompier aida Reine à se relever. À l'exception d'une douleur aiguë au coccyx, elle ne souffrait de rien.

— C'est un miracle que vous vous en soyez tirée à si bon compte. Vous auriez pu vous tuer ! Mais qu'est-ce que vous faisiez là ?

Reine éclata d'un rire nerveux.

— Ce que je faisais là ? Je cherchais un livre, voyons ! Un livre, quoi de plus naturel pour un professeur de la Sorbonne qui n'en a jamais assez ?

— Bon, je regrette, mais je vais devoir vous emmener aux urgences. Il faut vous faire des radios, et compte tenu de la situation, il serait peut-être bon de faire un bilan psychiatrique.

— Mais enfin, je ne suis pas blessée, et je n'ai nullement besoin d'aller aux urgences. Par ailleurs, et je me permets de vous le dire parce que vous semblez en douter, je suis en pleine possession de mes facultés mentales.

— C'est possible, mais nous ne pouvons vous laisser partir sans avoir fait au préalable des examens. Vous avez peut-être un traumatisme crânien, ou une côte fêlée.

— Exactement ! surenchérit Ingrid. D'ailleurs, je t'accompagne. Où est l'ambulance, Monsieur ? Je vais l'aider à marcher jusque-là.

Et c'est ainsi que Reine se laissa conduire vers l'ambulance, sous l'escorte vigilante d'Ingrid, telle une criminelle qu'on s'en irait coffrer dans le panier à salade.

II

Et je rentre à la mort
Démuni de bagages.

PAUL REVERDY, *Sables mouvants*

8

Loin, bien loin de la Sorbonne, cette salle d'attente suspendue dans la nuit où patientaient des théories de spectres... Loin, bien loin de la poésie, ces néons implacables qui jetaient les pleins phares sur la cohorte d'épouvante... À voir ces visages de cire dans la lumière livide, Reine se serait crue tout à la fois chez Madame Tussaud et au Musée des Horreurs !

Était-elle à sa place dans cet univers perdu ?

Il lui semblait errer dans un cauchemar. Mais elle avait beau convoquer sa mémoire littéraire, aucun songe de tragédie, aucune bribe d'épopée ne parvenait à donner une quelconque « gueule » à cette situation sordide. Seuls résonnaient avec justesse, en son esprit effaré, ces quelques vers de Reverdy :

Je suis sorti du port
Par un étroit passage
Et je rentre à la mort
Démuni de bagages.

Voilà à quoi l'avait menée sa quête du livre magique ! Croyant se précipiter au-devant de son désir, elle avait échoué, les mains nues, dans « la rature éblouissante du présent ». En ce non-lieu où elle n'avait rien d'autre à vivre que consommer sa honte. Tristan Chagrin, faux départ, vrai terminus des espérances… Et elle était là, pauvre juke-box poétique, à ressasser ses phrases fétiches pour mieux commenter ses échecs !

Mais aussi, ces vers de *Sables mouvants* ne disaient-ils pas toute la vérité de cet instant ? La présence de la mort était partout, diffuse, menaçante. Dans ce panneau rouge des Urgences médico-judiciaires qui brandissait l'étendard de la peur et du danger. Dans cette jeune Africaine en sang et en pleurs qui se drapait maladroitement d'un reste de robe déchirée. Dans ce malfrat menotté qui dardait autour de lui des regards chargés de haine, et dont la bouche se convulsait en vociférations chuchotées qui faisaient froid dans le dos. Dans cet éphèbe chétivement blond, au bord de l'évanouissement, dont l'auriculaire écrasé dégoulinait de sang sur le linoléum. Dans cette quinquagénaire échevelée dont la poitrine se soulevait de spasmes – et qui aurait inspiré à Reine un mouvement de répulsion si elle n'y avait reconnu son propre reflet dans un miroir : elle n'était donc que ça : cette branquignole ?

À ses côtés, impavide, se tenait Ingrid.

Elles ne s'étaient pas adressé un mot dans l'ambulance où Reine, humiliation suprême, avait été contrainte de s'allonger sur la civière. Pourquoi avait-elle tant tenu à l'accompagner, sinon pour s'assurer que Reine serait admise dans une unité psychiatrique ? Elle entendait encore sa voix, prétendument pétrie d'émotion : « Ô, mon Dieu ! Mon Dieu ! » Mais derrière cette comédie se dissimulait une volonté farouche de la neutraliser. Et de fait, Reine s'était fait « gauler » parce qu'elle n'avait pas douté qu'Ingrid accompagnerait Roland à ce fameux dîner. Malencontreuse méprise qui avait arraché le masque flatteur qu'elle se forçait d'adopter en toutes circonstances, mettant à nu... Quoi ? Qu'y avait-il à mettre à nu ?

Perdue de réputation, son prestige en faillite... La nouvelle de ses frasques se répandrait bientôt dans les salons : « Tu es au courant pour Reine ?... Non ?... Eh bien... » Tous ses anciens amis, les protagonistes de son bonheur perdu, la prendraient désormais pour une malade, pour une détraquée. Elle se voyait déjà entre les murs capitonnés d'une cellule de dégrisement. Et pourtant, elle le savait et était prête à le clamer haut et fort : non, elle n'était pas folle !

Mais aussi, par quels faux-semblants avait-elle été confondue ? À bien y réfléchir, la situation présente exhibait jusqu'au grotesque le rapport de force qui avait implicitement tenu les deux femmes à distance pendant ces années d'amitié. La froide perfection d'Ingrid précipitait Reine dans le ghetto des femmes troubles et irrégulières. (Et pourquoi se posait-elle toujours en concurrente ? Pourquoi était-elle toujours mise en échec par les autres femmes ?) Elle se revoyait vomie sur le sol à l'instar des ordures, face à cette figure de finesse épanouie dans le luxe. Sa peau était lissée par l'onctuosité des meilleurs cosmétiques, celle de Reine s'était parcheminée et comme craquelée sous les globes verdâtres des bibliothèques. Un rayonnement serein émanait de tout son être, Reine n'était que tumultes, meurtrissures, passions ravalées, chauffées à la flamme de l'aigreur et du désenchantement ! Observant son reflet dans la vitre, elle aiguisait à l'envi le plaisir misérabiliste de se découvrir à ce point tapée. Puis cristallisa son attention sur ses chaussures éraflées, détail pathétique qui lui permit de s'essorer le cœur en doléances. Car enfin, elle avait dépensé une petite fortune pour acquérir ces escarpins dont elle espérait qu'ils lui donneraient un peu d'allure. De même qu'elle se ruinait en vêtements et s'épuisait en régimes, mais pourquoi ? Pour qui ?

Quel était, en effet, le résultat de tous ses efforts ? Elle ne séduisait personne, personne ! Et elle fulminait en vain ses tempêtes érotiques devant un miroir qui lui rappelait chaque matin l'épouvante du temps qui passe. Sous le *Fiat lux* pisseux des néons, elle ne pouvait plus éviter de le savoir : sa vie ne servait à rien ! De quelle utilité pouvait-elle être auprès de Benoît Frout, ce petit minet qui se fichait bien de la littérature et hantait son cours de Licence, Reine ne savait pas bien pourquoi ? Elle n'avait jamais suscité de ces admirations passionnées qui assuraient à certains de ses collègues une permanente cour de fidèles. Ses étudiants n'éprouvaient pour elle aucune sympathie, et elle n'avait jamais rien fait pour leur en inspirer, dédaignant des séductions qui lui paraissaient médiocres pour privilégier la discipline et le travail. Mais aussi, en cette époque affolée de plaisirs faciles, obsédée par le rendement immédiat, la poésie dont le nécessaire ressassement exigeait du temps, la poésie dont l'expérience sincère s'accomplissait dans la lenteur, la poésie était frappée de péremption car peu rentable. Se sachant l'apôtre d'une parole dévaluée, Reine ne cherchait aucunement à plaire, et œuvrait à violenter l'indolence de ses étudiants pour leur transmettre quelque chose de vrai. Sévère, certes, cruelle parfois, mais tout apprentissage réel ne comportait-il pas une part d'inconfort et de violence ? Elle n'en avait jamais douté, mais se lassait de batailler contre l'inertie de ces jeunes générations qui lui semblaient de plus en plus matérialistes. Et lorsqu'elle rentrait le soir chez elle, personne ne venant la divertir de ses labeurs, elle noyait sa lassitude dans un verre de whisky. Et arpentait les pièces de son appartement, comme ça, pour rien, Gorgone stérile qui ne médusait plus personne.

Seule, seule, seule !

Inutile…

Oh ! Elle pouvait continuer ainsi à l'envi : il n'y avait qu'à débonder la logorrhée dont son cœur était plein.

N'avait-elle pas l'habitude de combler ses frustrations par de la frénésie jaculatoire ? Mais un appel lui parvenait, lointain, ouaté, qui parasitait ses méditations : « Madame ! Madame ! »

Un homme s'approchait d'elle, en fauteuil roulant. Un zonard, de toute évidence, à en juger par son cou tatoué et son perfecto épinglé de pin's.

— Madame ! Madame ! Vous avez une cigarette ?

— Euh, non, je ne fume pas.

— Ah bon ? Je suis venu ce soir parce que je sentais que j'allais devenir dingue. Une heure de plus et j'avalais tous mes médocs. C'est à cause de Denis, ce salaud : il m'a appelé et il m'a encore fait chialer ! Vous aussi, vous avez fait une TS ?

— Une quoi ?

— Bah, une tentative de suicide ! J'hallucine ! Vous savez pas ce que c'est ?

— Non, je ne sais pas ce que c'est parce que je n'ai pas fait de TS.

— Je vois... Vous êtes sûre que vous n'avez pas une cigarette ?

— Mais puisque je vous dis que je ne fume pas !

À ce moment, le portable d'Ingrid retentit. Cette sonnerie ébranla la statue de froide inertie que l'épouse de Roland avait incarnée jusque-là.

— Allô ?... Non, je ne suis pas à la maison... Attends, un instant, je sors... Non, je ne peux pas te parler...

Éloignant le combiné de sa bouche, Ingrid informa Reine qu'elle sortait une minute, tout en lui intimant l'ordre de ne pas bouger. Reine n'en doutait pas : Roland était à l'autre bout du fil, et serait informé avec force détails du déroulement de cette soirée. L'heure de sa faillite avait sonné ! C'était fini, il n'y avait plus rien à espérer. Henri serait dégoûté d'elle, à tout jamais ! Par ses irrégularités, elle offrait au couple ignoble qu'il formait avec Stacey la légitimité des gens de bien. Désormais, ils pactiseraient l'un et l'autre dans l'évidence de sa folie à elle, et la considéreraient avec condescendance.

Stigmatisée !

Stigmatisée par ceux-là mêmes qui l'avaient rejetée !

Mais s'il n'y avait plus rien à espérer, y avait-il encore quelque chose à perdre ? Ruinée pour ruinée, Reine préférait se soustraire à la vigilance d'Ingrid dont elle ne comprenait plus, soudain, pourquoi elle l'avait acceptée. Disparaître… Y avait-il une autre solution qui ménageât un tant soit peu le sentiment qu'elle avait de sa dignité ? Car c'était tout de même un comble : elle, le professeur de la Sorbonne, envoyée au piquet comme une mauvaise élève ! Profitant de ce qu'Ingrid s'était éclipsée, elle s'apprêtait à prendre la poudre d'escampette, lorsque l'homme en fauteuil roulant revint à la charge : il avait absolument besoin d'une cigarette, il n'en pouvait plus, il crevait de chaud, il...

Lapidaire mais calme fut la réponse de Reine.

— Allez vous faire foutre.

Et elle s'en fut dans la nuit, désireuse d'en finir une bonne fois pour toutes avec cette soirée lamentable qui ne lui avait attiré que des ennuis. Combien il lui tardait, à présent, de retrouver cet appartement que sa superbe, bien rabrouée depuis, avait voué aux gémonies quelques heures plus tôt !

9

Las ! Fallait-il que le sort s'acharne ainsi sur elle ?

Plus de clefs, plus de fric : c'était, sans l'ombre d'un doute, ce qu'il est convenu d'appeler « la galère ».

Trousseau et portefeuille gisaient sans doute dans la cour de la rue de la Trémoille. Mais, le moyen de revenir sur les lieux de sa honte ? Et Reine ne pouvait compter sur ses seuls voisins – le reste de l'immeuble étant occupé par des bureaux – pour lui prêter secours. Elle les avait en effet attaqués en justice sur le motif que leur chaudière faisait vibrer les murs de son bureau et l'incommodait dans son travail. Et depuis qu'elle avait obtenu qu'ils déplacent ladite chaudière, qu'ils venaient pourtant de faire installer à grands frais, ils ne lui adressaient plus la parole.

Quant à faire venir un serrurier de nuit qui lui extorquerait une véritable fortune à seule fin de détruire le triple blindage de sa porte, c'était tout simplement hors de question. Avec quel argent, du reste, l'aurait-elle payé ? Et quel document aurait-elle pu produire pour justifier qu'elle était bien la propriétaire de cet appartement ?

Il ne lui restait plus qu'à attendre l'arrivée de Rosa, qui venait tous les matins à sept heures et quart pour faire le ménage.

Oui, bien sûr, mais d'ici là ?

10

D'ici là, Reine une fois de plus sur les trottoirs, éperdue et ne sachant où aller. Elle avançait au hasard des rues, marmonnant faute d'autre chose une confuse litanie de « pourvu que ». Pourvu que quoi, au juste ? C'est ce que, présentement, elle ignorait.

Sans doute lui aurait-il fallu appeler au plus vite les services bancaires pour faire opposition sur ses cartes de crédit et son chéquier, mais l'idée l'effleurait à peine. Non, elle consumait ses dernières forces à espérer vaguement Dieu sait quelle providence qui la tirerait de cette panade.

Adviendrait-elle seulement ?

11

Noirs de jais ses cheveux, blanches et frangées ses bottes.

Elle avait dégainé sa silhouette racoleuse hors le seuil du Coco Bar et s'était dressée face à Reine pour lui demander si elle avait un problème.

Un problème ? En voilà une idée ! De quel problème aurait-elle eu à se plaindre ? Ne donnait-elle pas, au contraire, le sentiment de passer la meilleure soirée qu'il lui avait été donné de vivre depuis des années ? Car c'était pour sa plus grande délectation, bien sûr, qu'elle arpentait les rues telle une clocharde, telle une clandestine, sans papiers, sans un sou vaillant et sans feu ni lieu, et c'était pour sa plus grande délectation, également, qu'elle se présentait aux regards des passants dans ce tailleur qui n'avait plus forme ni couleur, défaite, les cheveux frisottés par cette bruine dégueulasse, vieille, moche et poisseuse, traînant dans son sillage une vague odeur de poubelle – alors, vraiment, au regard de tout cela, et si tel n'était pas le cas elle n'aurait pas hésité à le dire, vraiment donc, au regard de tout cela elle pouvait affirmer sans ambages que NON, ELLE N'AVAIT AUCUN PROBLÈÈÈÈÈÈÈÈÈÈÈÈME !!!

À bon entendeur, salut !

Et que cette petite grue lui foute la paix.

Mais la petite grue ne semblait vraiment pas encline à la lui foutre, la paix. Elle avait plutôt à cœur d'agonir Reine de questions : d'où lui venait cet air hagard ? avait-elle subi une tentative de viol ? une agression ? s'était-elle rendue au commissariat pour porter plainte ? saurait-elle identifier ceux qui avaient porté la main sur elle ? Hagarde, Reine l'était sans doute, mais pas au point d'ignorer qu'elle se trouvait face à une de ces prostituées de comptoir que le jargon de Pigalle désigne par un euphémisme qui lui avait toujours semblé effroyablement vulgaire : les « entraîneuses ». Et où voulait-elle l'entraîner, en l'occurrence ? Car Reine avait toutes les peines du monde à imaginer qu'une telle créature, faite pour extorquer à des touristes éméchés le prix fort des illusions sexuelles, pût être mue par un élan désintéressé ! Et puis, avec ses cheveux sculptés à grand renfort de gel, ses sourcils vulgairement dessinés au crayon, ses avantages plus exhibés que dissimulés par une robe dont la confection n'avait pas dû exiger beaucoup de tissu, cette créature incarnait de façon pour le moins hétérodoxe l'allégorie de la Fortune ! Pourtant, face à ce corps qui se voulait comestible, Reine prit conscience que le sien souffrait d'un manque prosaïque entre tous : elle avait faim ! Et elle avait les jambes si rompues qu'elle aurait donné n'importe quoi pour s'asseoir ne fût-ce qu'un instant. Alors, à tout prendre, elle était prête à brader sa dignité pour une simple chaise. Et pour ce qui était des conséquences, elle verrait plus tard...

— Écoutez, Mademoiselle, j'habite juste à côté, au 28. Il se trouve que j'ai perdu mes clefs et mon portefeuille, et que je ne sais pas à qui m'adresser. Si vous voulez bien m'avancer un repas, et un verre, je vous rembourserai demain. Parce que, là, tout de suite, je ne sais plus quoi faire.

— Si ça ne tenait qu'à moi, il n'y aurait pas de problème. Mais il faut voir avec la patronne et, croyez-moi, elle n'est pas commode… Bon, venez, je vais voir ce que je peux faire…

Sur ces prémices peu engageantes, Reine s'engouffra à la suite de la jeune fille dans le Coco Bar…

12

Bon, alors, soit, sa situation ne lui laissait guère le choix et elle ne pouvait aucunement se permettre de faire la fine bouche, d'une façon générale d'ailleurs on ne pouvait pas dire qu'elle était bégueule, mais là, tout de même, faute d'autre chose trouver refuge dans ce rade miteux, et surtout s'en réjouir, ça devenait franchement minable !

Le Coco Bar !

Le pire, c'est que Reine passait devant tous les matins pour se rendre à l'arrêt de bus, et tous les soirs en longeait la devanture pour rentrer chez elle. Et ce n'était jamais sans une répulsion teintée d'effroi qu'elle aventurait ses regards à l'intérieur du bouge, s'y figurant, autant que les carreaux embués le lui permettaient, le triomphe de tous les vices que pouvait tarifer une pègre violente et meurtrière. Et voici qu'elle trouvait un réconfort en ces bas-fonds, preuve qu'on n'en finissait jamais de repousser les frontières du pire !

Et cependant, le pire s'avérait moins vénéneux que ses propres imaginations. Pas de seringues ensanglantées le long des plinthes ni même de préservatifs usagés dans les replis des sofas. Tout au rebours, le Coco Bar péchait par un excès de morosité, morosité que tentait de *booster* à fond la caisse un tube de techno assené par les enceintes crasseuses d'un vieux ghetto-blaster. Juchées sur des tabourets de bar, des Lolitas délavées attendaient le chaland en fixant le vide d'un œil vitreux. Elles dégageaient un ennui si abyssal qu'il en acquérait une dimension pour ainsi dire métaphysique. Quant à la patronne, c'était presque trop beau, elle incarnait tous les clichés qu'un client sans imagination pouvait attendre d'une tenancière de claque. Elle s'appelait Josyane – à moins qu'il ne s'agît du pseudo par lequel les filles l'apostrophaient : qui pour réclamer une lime à ongles, qui pour déplorer le fait que, tout de même, « on se faisait chier ». Trônant en matrone derrière le comptoir, elle portait un pull en mohair dont les couleurs fauves, vaguement assorties à sa tignasse rousse, ceignaient son buste replet d'un motif léopard. Des lettres lamées lacéraient sa poitrine – dont les appâts, s'ils avaient jamais existé, n'étaient plus qu'un lointain souvenir – d'une injonction que Reine ne put s'empêcher d'interpréter comme une pathétique variation du *carpe diem* : « L'amour, l'amour ! » À croire que c'était cette paire de seins décrépits qui intimait, à qui voulait bien la regarder, l'ordre de jouir sans tarder… Elle porta sur Reine un regard rogue qui, à défaut d'être agréable, éclaira néanmoins d'une manière de lueur son visage défraîchi. À la regarder, il n'y avait pas de doute : la chair était fade – mais Josyane semblait loin d'avoir lu tous les livres.

— Bah alors, Katia, tu nous ramènes de la bourgeoise ? Qu'est-ce qui te prend ? On n'est pas dans un salon de thé, ici !

Grossier était son rire, populacière sa voix – à croire qu'elle travestissait ses accents comme elle fardait son visage : outrageusement.

— En fait, la dame habite juste à côté. Elle vient de se faire agresser, elle est un peu sonnée. On lui a volé ses clefs et son portefeuille. Elle voulait savoir si on pouvait lui avancer de quoi manger et boire.

— Il va sans dire que je vous rembourserai demain, s'empressa d'ajouter Reine.

Mais Josyane ne semblait pas disposée à la compassion. Ses lèvres se contractèrent en un mauvais sourire, cruel et agressif.

— Ah, oui ? Alors, comme ça, quand on est en pleine débine, on vient toquer à notre porte ? Mais par contre, quand tout va bien, on joue les culs serrés et on rameute le quartier pour réclamer notre expulsion !

— Je ne comprends pas… De quoi parlez-vous ?…

— Tu ne comprends pas ? Ah ouais ? Comme par hasard ! Et la pétition des bourgeasses pour nettoyer le quartier de… comment ils disent déjà ? Ah oui ! « des établissements sordides qui vont à l'encontre de sa qualité résidentielle », ça te dit quelque chose ? Non ? Et toutes ces conneries sur la réputation dégueulassée de Pigalle, qu'était un sculpteur à ce qu'il paraît, ça ne te dit toujours rien ? Et le climat délé… délé… j'sais pas quoi, là, qui risque de fusiller l'innocence des mômes, ça te fait pas frémir, peut-être ?

Bien qu'abasourdie par un tel afflux de réprobation rageuse, Reine comprit enfin à quoi Josyane faisait allusion. Depuis quelques mois, une poignée de résidents des IXe et XVIIIe arrondissements s'étaient constitués en association et avait entrepris de nettoyer le quartier de ses nombreux sex-shops, « bars champagne » et autres cinémas porno. Ils officiaient principalement dans les rues, distribuant des tracts dont Josyane venait de retranscrire à sa manière les formules comminatoires. Depuis plusieurs semaines, ils avaient encore durci leur offensive en faisant circuler une pétition qui réclamait l'éradication pure et simple de cette « gangrène pornographique ». Reine avait été entreprise par un père de famille – qu'elle avait eu la complaisance de recevoir chez elle –, lequel avait brandi le fameux document d'un geste emphatique qui valait injonction à une signature immédiate. Mais les arguments qu'il avait avancés sentaient trop l'Église et les phobies rétrogrades – il y avait du vitriol au fond du bénitier, comme souvent, hélas ! – pour que

Reine consentît à satisfaire ce « soldat de Dieu ». Elle avait construit ses valeurs morales en dehors de toute dévotion religieuse, et ne détestait rien tant que cet héritage inerte qui faisait de la foi une pure pratique sociale, non un exercice de vertu. Et lorsqu'elle invoquait la vertu, elle songeait bien évidemment à cette *virtus* romaine faite de courage et de vitalité.

— Écoutez, Madame, je crois que vous vous trompez sur mon compte. Cette pétition, j'ai refusé de la signer, et je ne la signerai jamais. Elle s'adresse à une partie de la population française à laquelle je n'appartiens pas.

— Qu'est-ce que tu cherches à me dire, là ? demanda Josyane un peu déconcertée mais toujours agressive.

Ce qu'elle cherchait à lui dire ? Fallait-il donc toujours se justifier, lutter contre les mauvaises volontés ? Reine ne pourrait-elle jamais goûter, ne fût-ce qu'un instant, le repos de l'abandon ? Abdiquer, le temps d'un verre, cette volonté par laquelle elle s'était inlassablement forgée… Mais non, cet instant de repos ne lui serait pas accordé et il lui fallait encore, au seuil de l'épuisement, jouer d'un pathos habile pour fléchir la résistance de cette goule.

Comme Orphée avec Pluton, sauf qu'il n'y avait aucun amour à extirper des Enfers…

Allez, l'heure était venue d'improviser une grande *aria di lirismo patetico !*

— Madame, je comprends que vous vous méfiiez de moi, et je réagirais comme vous si j'étais à votre place, car j'ai tout l'air, en effet, d'une petite bourgeoise frigide et réactionnaire. Vous vous imaginez sans doute que j'ai toujours vécu dans les privilèges et que mon expérience du réel se limite aux boutiques de luxe, à la paroisse et à la crèche ? Eh bien, croyez-moi, il n'y a rien de plus faux, je n'ai pas eu la vie facile, et si cela peut vous rassurer, j'ai toujours voté socialiste. Alors, oui, c'est vrai, je suis professeur d'université, et je vis très correctement de mon métier. Mais tout ce que j'ai, je l'ai obtenu par le travail. Et j'ai suffisamment lutté pour savoir que la société a été conçue par et pour des hommes qui cherchent à nous maintenir, aujourd'hui encore, dans un état de sujétion tout à fait scandaleux. Alors, je trouve parfaitement normal, et juste, et légitime, que ces hommes, vous les fassiez payer. Voyez-vous, je n'ai aucune pétition de principe contre la prostitution. On s'en sort comme on peut dans la vie, on se bat avec ses armes, chacun les siennes, et je ne vois pas de quel droit je pourrais me permettre de vous juger. Il appartient à chacune d'entre nous, et à personne d'autre, de disposer de son corps comme elle l'entend. J'en ai toujours été convaincue, et j'ai toujours milité en faveur de ce droit et de cette liberté. Je vous avouerai même que si j'avais pu, j'aurais signé le Manifeste des 343 salopes. Mais j'avais 13 ans en 1971, ce qui était évidemment un peu prématuré pour me faire pasionaria de l'avortement ! Alors, ce soir, je vous demande de me considérer, non pas comme une bourgeoise que je ne suis pas vraiment, mais comme une de ces salopes qui ont œuvré à l'émancipation politique, sociale et morale des femmes. Et c'est en salope que je vous demande de me venir en aide. Parce que vous et moi, vous et moi, vous comprenez, même si nous n'en avons pas l'air, nous sommes du même côté de la barrière : du côté des opprimées qui ont toujours dû lutter pour obtenir leur part du gâteau. Et ce que je vous demande ce soir, ce n'est vraiment pas grand-chose : juste de quoi me nourrir et me tenir au chaud.

Un silence s'était fait, qui figeait chacune des filles du Coco Bar dans une attente sidérée dont seule « la patronne » avait le pouvoir de les délivrer.

— Bon, maugréa celle-ci, il me reste un fond de rillettes et des chips. Qu'est-ce que je te sers à boire ?

13

Vertiges de la Suze…

Ce liquide amer et ambré qui lui réchauffait les sangs et coulait dans ses membres une délicieuse torpeur…

Reine n'aurait sans doute pas dû en boire autant, mais elle avait si vite fini son premier verre qu'il lui en avait fallu aussitôt un deuxième, puis un troisième, et elle aurait pu continuer ainsi *ad libitum*… Elle n'avait pas un goût immodéré pour cet apéritif, loin s'en fallait, mais le prix des consommations était si exorbitant qu'elle s'était rabattue sur la plus abordable. Pour autant sa « petite note » s'élevait déjà, selon les calculs de Josyane qui ne rechignait aucunement à la resservir, à quelque 120 euros.

Mais l'étourdissement des miroirs qui diffractaient les lumières en trompe-l'œil tamisés... Ces miroirs que Reine ne se souciait plus de traverser à présent. N'était-elle pas passée de l'autre côté du Coco Bar ? De l'autre côté de ses propres préjugés ? Et voici qu'elle évoluait dans les mirages de la nuit, déployés à peu de frais certes, mais avec tant d'efficacité qu'elle en était tout enivrée. Et sa conscience glissait voluptueusement sur le lustre factice de ces lieux qu'elle avait si souvent vus sordides et vétustes à la lueur du petit jour. Du reste, elle ne le savait que trop, c'est toujours le soir qu'on fait illusion, ce n'est qu'alors, dans la pénombre clémente, que s'estompent les sutures et les rafistolages par lesquels on espère faire encore un peu spectacle de soi-même. Et remporter quelque suffrage, même modeste, même minable. Oh que oui, même minable ! Et on serait prêt à tous les avilissements pour obtenir un seul regard, quand bien même on l'obtiendrait par l'imposture et la mendicité. Et Reine de songer à son propre visage lorsqu'elle s'éveillait à la lucidité du matin, blessure sans pareille, et peinturlurait de maquillage une chair désormais sans magie. Mais à quoi bon ressasser ces amertumes, quand elle se donnait toute aux compliments que Josyane venait de lui adresser – à savoir :

— qu'elle était plutôt bien conservée pour son âge ;

— qu'elle pourrait être assez sexy si elle consentait à changer son look ;

— qu'elle avait quand même une super paire de guiboles.

Les entraîneuses s'y étaient mises également, qui pépiaient autour d'elle comme des canaris dans une volière et lui prodiguaient des conseils pour se mettre en valeur. L'une d'entre elles s'était enhardie à arracher les barrettes retenant ce qu'il lui restait de coiffure et, l'observant attentivement, s'était exclamée qu'elle était « carrément *sexe* comme ça ». Alors, oublieuse de ce que ces enthousiasmes pouvaient avoir de faisandé, émanant de prostituées dont elle ne partageait pas les goûts en matière de fards ou de toilette, Reine s'abandonnait à croire qu'elle n'était pas complètement finie. Et chavirait au chatoiement du Coco Bar devenu lanterne magique. Les parois dansaient, les reflets s'affolaient de lumières clignotantes. Et Reine s'y mirant s'égarait parmi les silhouettes démultipliées des filles, leurres boudeurs qui continuaient d'attendre qu'un client leur fasse l'aumône d'une visite. Il lui semblait larguer enfin les amarres et devenir légère…

Oui, tout lui plaisait à présent, et jusqu'à cette musique qu'elle avait d'abord jugée importune. Un rythme spasmodique montait à l'assaut de son cœur, tandis que la voix trop sucrée d'une *baby doll* susurrait à l'envi des : « *I'm not scared, baby, I don't care.* » Paroles idiotes, sans doute, que Reine ne put s'empêcher de reprendre à son compte. Telle était son obsession de l'analyse qu'elle s'emparait de la moindre bribe de discours pour en tirer du sens. Et toujours parvenait à en tirer. Qu'y avait-il à trouver dans cette chanson dérisoire ? La nécessité de désavouer la peur pour se donner à l'immédiateté du désir. Ce que Gide appelait « la disposition à l'accueil » dans *Les Nourritures terrestres*. Superbe formule qu'elle ne laissait pas d'admirer, mais par-delà la manducation esthétique, qu'en faisait-elle pour sa propre vie ? En d'autres termes, était-elle elle-même disposée à l'accueil ? Elle pouvait toujours s'étourdir de formules bien frappées, mais où était le sens de la littérature si elle ne travaillait à la rendre performative ?

Mais aussi, que pouvait-elle faire de son désir quand il était sans objet et que, faute de s'assouvir, il s'aigrissait ?

« *I'm not scared, Baby, I don't care.* »

Eh bien, soit, elle non plus n'aurait plus peur ! Et d'ailleurs, elle s'en foutait pas mal, à présent, de ses amours dévastées et de son cœur à la dérive ! De même qu'elle se fichait des auréoles de transpiration qui maculaient son chemisier, tandis qu'elle tombait la veste de son tailleur et réclamait une autre Suze.

Tout en chantonnant machinalement les paroles de la chanson, sous l'œil incrédule et rigolard des filles – à défaut de clients, une bourgeoise qui s'encanaille, ça faisait toujours quelque chose à vivre.

« *I'll go anywhere, Baby, I don't care* »…

Quelle importance après tout : Reine s'en foutait…

Oui, mais de quoi ?

Elle n'aurait su le dire à présent.

« *If I was you, if I was you, I wouldn't treat me the way you do.* »

Et si lourde à elle-même, soudain, lorsque la fatigue coula sur ses épaules une chape de plomb ! Il lui fallut s'arrimer au comptoir pour ne pas défaillir. Katia s'en rendit compte, qui fit remarquer à Josyane « qu'elle était mal ».

« *If I was you, if I was you…* »

Vite, on la prit sous les aisselles pour l'étendre sur la banquette d'une alcôve nichée au fond de la salle. Le skaï violet troué de cigarettes, c'était soudain la seule chose à voir, la seule chose à désirer. S'allonger… Sur cette armature de métal trouver un répit aux assauts rythmiques qui lui piochaient le cœur. Son dos comme un chemin de fer où se fourvoyaient tous les voyages, où déraillaient tous les trains…

…

Dans un cauchemar, un visage grimaçant dissipait ses léthargies.

Josyane la secouait.

— Hé ! Réveille-toi ! On a des clients !

— Hein ? Quoi ?

Reine n'était capable que de ces monosyllabes arrachés mécaniquement à son hébétude.

— On a des clients ! Faut que tu te barres !

— Il est où ?

— De quoi ?

— Le livre...

— Qu'est-ce que tu racontes ? T'es complètement bourrée ou quoi ? Allez, lève-toi !

— J'ai sommeil...

— Mais réveille-toi, bon sang ! On a des clients, tu comprends ? Tu peux pas rester ici !

— Mais je vais où ?

— Mais je sais pas, moi ! Tu te démerdes ! Putain, je t'ai rendu service, non ? Bon, eh bien maintenant c'est fini la comédie. Alors t'es gentille, tu me débarrasses le plancher, et plus vite que ça encore !

Lorsque, fort péniblement, elle se redressa, elle crut, non moins péniblement, qu'elle était devenue complètement folle. Car enfin, non, ce n'était pas possible, et même ça n'était pas Dieu possible, la scène qui se déroulait sous ses yeux ne pouvait pas advenir dans la vie réelle ! La vie réelle, c'était le temps, le temps besogné, investi, rentabilisé par l'épanouissement des savoirs. Elle ne pouvait que douter de ce qu'elle voyait – oui, il ne pouvait en aller autrement, et même, c'était la seule solution plausible : elle ne s'était jamais affalée sur cette banquette minable, son sang n'était pas imbibé d'alcool et l'air suffoqué de transpiration ne lui portait pas sur le cœur : elle rêvait !

Mais aurait-elle jamais pu concevoir, même dans ses pires cauchemars, le carnaval érotique qui se déroulait derrière la silhouette à contre-jour de Josyane ? Deux quinquagénaires bedonnants, coiffés de chapeaux pointus, levaient leurs coupes à la santé des filles, lesquelles se mouvaient en cercles autour d'eux et agitaient leurs bracelets en un cliquetis frénétique. Étourdis par cette parade du serpent qui danse, cravachés dans leur concupiscence, les compères commençaient à beugler des propos inintelligibles aux sonorités germaniques. Et toujours cette musique à laquelle se mêlait leur babil libidinal ! Est-ce qu'ils se trouvaient à ce point irrésistibles dans leurs costumes de quatre sous ? Tout leur comportement transpirait la certitude de la possession et de la jouissance. Ils agissaient en prédateurs prêts à fondre sur les corps fragiles de ces filles à l'évidence mal nourries. « *Girls* à gogo » stipulait la carte... Ne voyaient-ils donc rien, ces imbéciles ? Aveuglés par leur mâle assurance, ne pouvaient-ils voir ce que les abat-jour du Coco Bar, à ce stade de la nuit, dissimulaient imparfaitement ? Des peaux plâtreuses, des regards ternis de lassitude, des lèvres défaites : tous les stigmates physiques d'une vie de misère traînée d'un mauvais lieu à l'autre. Est-ce qu'ils pouvaient, est-ce qu'ils voulaient seulement comprendre qu'elles étaient lessivées et exécutaient sans entrain leur triste cérémonial ? Et l'exécutant s'exécutaient elles-mêmes ? Ce qu'ils pouvaient la dégoûter, ces gros morceaux de barbaque obnubilés par leur plaisir ! Et parce qu'ils sortaient le grand jeu, parce qu'ils flambaient deux ou trois billets de banque extorqués sans doute à l'argent du ménage, cependant que bobonne faisait la cuisine et torchait les mômes dans quelque sinistre banlieue de Berlin ou de Hambourg, ils se prenaient pour des caïds et trouvaient normal de s'envoyer une *girl* ! Et parce qu'ils avaient payé plus de 100 euros ce litron de mousseux qu'on leur faisait passer pour du champagne, ébahis par l'idée qu'ils se vautraient dans le luxe, mais tout de même soucieux de s'offrir de la décadence à prix discount, ils espéraient bien avoir droit à une petite ristourne sur l'orgasme. Et voici précisément que l'un d'eux – c'était horrible à voir : il suintait le vin mauvais du désir avili, le stupre qui menace déjà de tourner à la violence –, voici précisément que ce péquenaud glissait un billet de 20 euros dans le décolleté de Katia et s'autorisait de cette munificence pour lui demander de… Reine avait-elle bien entendu ? Était-il seulement possible de demander à une femme, sur ce ton de commandement qui n'appelait aucune contestation, de... « montrer son cul » ? Non, ça n'était pas possible – et d'ailleurs ça n'aurait pas lieu, Reine venait de le décréter ! Si seulement elle avait eu une bouteille sous la main, ou un escarpin à talons aiguilles, ou n'importe quel objet contondant, avec quelle énergie l'aurait-elle fracassé contre les miroirs, pour que s'effrite ce royaume de faux-semblants qui tenait les filles captives d'un désenchantement funeste ! Avant même qu'elle ne comprenne ce qu'elle faisait, elle s'était précipitée sur Katia, lui avait arraché le billet d'entre les seins et le brandissait sous les yeux de l'Allemand d'un air vindicatif.

— C'est donc à ce prix-là que tu l'achètes ? se surprit-elle à hurler. Espèce de salopard ! Plus tu jouis d'elle et plus tu la tues ! Est-ce que tu peux, est-ce que tu veux comprendre… ?

En grande professionnelle des dérapages, Josyane intervint sur-le-champ, lui saisissant les mains d'une poigne agressive.

— Putain, mais t'es vraiment une malade, toi ! Sors d'ici tout de suite ! Casse-toi, mais caaaaaaaaaasse-toi, sinon je sens que je vais te massacrer la tête !!!

Reine obtempéra. Y avait-il autre chose à faire ?

Et, faisant effort sur elle-même pour marcher droit, elle se dirigea vers la porte, paniquée à l'idée d'affronter seule la nuit, mais soulagée de s'extirper de cette bacchanale sordide dont elle avait favorisé l'avènement en ne signant pas la fameuse pétition.

14

Si la typologie des procédés littéraires fait volontiers état du comique de répétition, aucun traité n'a jamais répertorié le tragique de répétition – catégorie qu'il aurait fallu inventer pour caractériser la situation de Reine. Car enfin, et elle en était tout à fait accablée, ne se trouvait-elle pas pour la troisième fois dans la rue sans savoir où aller ? Et aucune érudition ne pouvait la prémunir contre les dangers bien réels qui menacent une femme seule dans les ténèbres de la nuit.

Ah, il n'y avait pas à dire, elle avait vraiment réussi son coup en poussant cette gueulante ! À quoi lui avait servi, en effet, de jouer les Némésis de la prostitution ? À faire elle-même le trottoir, ni plus ni moins. Mais aussi, naïve qu'elle était, et idiote pour finir, pour ne pas dire complètement cruche, comment avait-elle pu penser qu'elle trouverait au Coco Bar un seul être qui sût accréditer la hauteur de ses vues morales ? Oh, bien sûr, lorsqu'elle donnait ses cours en Sorbonne, il ne lui était pas difficile d'incarner une instance de vérité et de justice : ses étudiants étaient tellement amorphes qu'ils gobaient sans jamais réagir tout ce qu'elle pouvait énoncer. Mais passé les portes de ces amphithéâtres où elle régnait sans partage, que restait-il de son autorité ?

Elle avait tiré ses dernières cartouches.

Et se retrouvait sur le carreau au sens propre comme au sens figuré : à la porte de chez elle comme de sa propre vie.

Et puis, était-il nécessaire de le préciser, elle tremblait comme une feuille, non pas à cause de la température, certes redoutable en cette nuit de janvier, mais parce qu'elle sentait monter en elle une frousse terrible.

Plus que jamais, il convenait de garder son sang-froid. Et ce moment de pure débine n'offrait-il pas à Reine une occasion sinon rêvée, du moins cauchemardée, de mobiliser les ressources de ses humanités ? L'heure sans doute était venue de se remémorer Sénèque et Marc-Aurèle pour vouloir ce qui lui arrivait… Oui, sans doute… Mais pouvait-elle souhaiter que lui arrive ce qu'elle commençait à redouter terriblement ? C'est que les perspectives qui s'offraient à elle n'étaient pas exactement réjouissantes. À moins de trouver refuge sous une porte cochère ou sur une paillasse du Samu social, elle avait toutes les chances de se faire expédier *anywhere out of this world* par le premier cinglé venu. Pour le plus grand bonheur des amateurs de faits divers qui découvriraient son histoire à la une du prochain *Détective* :

LA NUIT DE L'HORREUR !

Elle devait passer une soirée comme les autres à corriger ses copies. Il lui a suffi de perdre ses clefs pour finir égorgée par un monstre...

Comme elle regrettait de ne pas avoir de téléphone portable à présent ! Elle s'était toujours refusée à faire l'acquisition de ce qu'elle considérait comme un instrument de dissipation. En ces heures de détresse, pourtant, elle aurait sensiblement apprécié de pouvoir passer un coup de fil. Mais qui aurait-elle pu appeler ? Avait-elle seulement des amis ? Il était à craindre que personne ne consentît jamais à se rendre à son enterrement. Car Reine n'avait plus le moindre doute quant à l'imminence de son trépas.

Et déjà c'était la fin : des pas martelés sur le trottoir scandaient un rythme menaçant. Reine se figea, glacée d'horreur. Quel faciès anonyme allait se faire pour elle seule masque de crapule et de crime ? Oh, dans le fond, elle était presque impatiente de le savoir, si lasse qu'elle aurait préféré en finir au plus vite... Mais qu'on lui accorde quelques secondes encore, qu'elle reprenne souffle, quelques secondes encore, qu'elle trouve la force de se retourner...

Et contre toute attente, que vit-elle, lorsqu'elle se retourna ? Non pas la Faucheuse qui la talonnait, mais Katia qui lui courait après, brandissant un trousseau de clefs en guise de faucille !

— J'imagine que vous ne savez pas où aller. Vous n'avez qu'à dormir chez moi. J'ai une chambre juste à côté, c'est Josyane qui me la prête. Et comme, à mon avis, je ne rentrerai pas avant l'aube...

— Mais, pourquoi est-ce que vous faites ça pour moi ? demanda Reine, interloquée.

— Parce que ce genre de galère, je connais, et franchement je ne vous le souhaite pas, répondit Katia d'un air d'évidence.

Sous ses yeux trop fardés perçaient la tristesse et la peur. Elle semblait craintive, soucieuse d'en finir au plus vite. De fait, le visage furieux de Josyane ne tarda pas à apparaître dans l'embrasure de la porte pour morigéner sa pouliche : « Putain, Katia, qu'est-ce que tu fous ! C'est chaud là, faut y aller ! » Étage et code furent bredouillés à la va-vite par la bienfaitrice qui se hâta de retourner à son office – ne laissant pas même à Reine le temps de la remercier.

Elle qui avait stigmatisé en Katia et ses paires une engeance dénuée de charité, aurait-elle été capable de ce geste pur de tout calcul ? Comme elle aurait aimé s'en flatter et s'en convaincre pour préserver l'image qu'elle se faisait d'elle-même ! Car elle se voulait, bien évidemment, intéressée par la seule qualité des êtres au détriment de tout *a priori* social. Et pourtant, jamais elle n'aurait accordé sa confiance à une prostituée ni condescendu à frayer avec ce qu'elle considérait comme de la racaille si les circonstances ne l'y avaient contrainte. Que devenait dès lors son catéchisme social, sa profession de foi dans l'enseignement public entendu comme une mission démocratique, cette éthique républicaine, enfin, dont elle s'enorgueillissait comme d'un altruisme inflexible, sinon un échafaudage rhétorique ?

Katia ne s'égarait pas dans de telles spéculations : elle avait volé spontanément à son secours en lui ouvrant les portes de ce bar, et se montrait de nouveau secourable, au risque de se voir désavouée par la patronne, en lui offrant un asile pour la nuit.

Mais alors cet asile, mon Dieu, quelle misère ! Un véritable radeau de la Méduse au cœur de la tourmente parisienne… L'exiguïté en était telle qu'une existence ne pouvait que s'y recroqueviller. Combien réduits devaient y être les gestes de Katia, combien compacté son esprit, sous la pression de ces murs noircis par des années d'incurie ! Le lit était pour ainsi dire collé au réchaud de la kitchenette. L'évier faisait office de lavabo, ainsi qu'en témoignait le verre à dents posé sur son rebord à côté du liquide vaisselle. L'un des carreaux brisés du chien-assis avait été colmaté avec un morceau de carton. Contre quelle dévotion sordide aux caprices des clients Josyane osait-elle « prêter » ce taudis ? Reine subodorait un épouvantable micmac administratif, une situation de non-droit, fondée sur la précarité et le chantage.

En attendant, ça valait toujours mieux que le caniveau ou la morgue.

Et Reine n'aspirait plus qu'à dissiper dans le sommeil le souvenir déjà cuisant de ses avanies. De l'autre côté de la nuit l'attendait sa vraie vie, cette vie qu'elle avait voulu brader dans un moment de raptus, cette vie qu'elle avait cru bon d'hypothéquer sur la foi d'un seul roman, cette vie rongée de solitude qui lui semblait toujours aussi détestable, certes, mais ô combien plus luxueuse que les réalités dont elle avait fait l'épreuve tout au long de cette soirée !

Pouvait-on seulement changer de vie à 46 ans ?

Si seulement l'amour de Tristan Chagrin…

Était-il rien de plus ridicule !

Alors, bien sûr, si Reine avait été dans son état normal, elle ne se serait certainement pas aventurée sur cette couche. Oui, si Reine avait été dans son état normal, elle n'aurait pas ôté tailleur et chemisier pour s'étendre en combinaison dans le désordre de draps douteux. Mais si Reine avait été dans son état normal, il y a fort à parier qu'elle n'aurait jamais échoué dans cette chambre à 1 h 34 du matin. Et définitivement, non, Reine n'était pas dans son état normal. Outre qu'elle avait trop bu, elle était à bout de forces, de nerfs, et n'aspirait plus qu'à pouvoir seulement fermer les yeux. Depuis qu'elle avait quitté la Sorbonne, elle n'avait fait que marcher, marcher et marcher encore… Et elle avait recueilli, pour seuls fruits de sa quête, le chaos et l'humiliation. Et elle avait pataugé dans le n'importe quoi. Alors quel bonheur, soudain, de se laisser glisser dans l'entonnoir de sa propre fatigue, de sentir sourdre à ses oreilles la vibration du silence, de se dissiper dans le rien... Enfin elle ne devenait plus personne après avoir été si outrageusement elle-même... Son regard se dilatait sur des étoiles phosphorescentes que Katia sans doute, dans un geste enfantin, avait collées au plafond... C'était une myriade de taches bleutées et spongieuses qui semblaient aspirer les sucs empoisonnés d'un trop-plein de conscience... Reine s'abîmait dans ce cosmos de pacotille, vivant la jubilation de l'évanouissement...

Que de volupté...

Enfin...

Mais lorsqu'elle étendit le bras gauche pour éteindre la lumière, elle cogna le montant d'un meuble qui se disloqua *illico* dans un fracas épouvantable.

Non mais ça n'était pas possible, non mais ça ne s'arrêterait jamais, qu'avait-elle fait au bon Dieu pour mériter ça, elle qui avait renoncé à toutes ses aspirations sauf à celle-ci qu'elle voulait dormir et pourquoi fallait-il donc que jamais rien ne lui soit accordé et pourquoi fallait-il donc que ce foutu meuble se soit écroulé au moment où elle allait enfin s'endormir la privant de cet assouvissement modeste entre tous qu'elle appelait cependant de ses vœux les plus désespérés quelques pauvres heures de sommeil à l'issue desquelles elle y aurait vu plus clair au lieu de quoi il lui fallait une fois de plus se lever faire des efforts continuer de subsister dans les marges les plus étroites de sa vie et encore y devait-elle respirer à son aise quand elle suffoquait et voilà qu'une fois de plus elle se sentait sur le point d'expectorer ses griefs dans une interjection qui à peine la soulagerait mais pouvait-elle faire autrement et déjà l'air se gonflait dans ses poumons et déjà elle allait rendre gorge et c'était toujours ça de pris sur sa vie de merde que de pouvoir se soulager un peu en criant selon l'habitude qu'elle avait contractée de crier seule dans son appartement et comment aurait-elle pu épancher autrement cette haine qu'elle éprouvait vis-à-vis d'elle-même qui avait tout raté mais alors tout et était-ce misérable elle qui n'avait pas sa pareille pour analyser les discours les plus complexes voilà qu'elle en était réduite une fois de plus à dégobiller des rognures de mots pour tenter de se dire non pas tout entière mais par défaut puisque sa vie elle ne la menait jamais que par défaut quand elle rêvait comme tout le monde d'une existence à grandes guides…

— Mais meeeeeeeeeeeeeeeeeeeeeee eeerde !!!

Et comme si la situation n'était pas suffisamment sordide comme cela, voilà que quelqu'un tambourinait à la porte !

III

Ce sont peut-être les légers, les téméraires qui ont raison : je ne dis pas les sûrs d'eux-mêmes, mais ceux qui acceptent et courent le risque de se perdre sans espoir de compensation.

PHILIPPE JACCOTTET, *L'Obscurité*

15

Quel souvenir cherchait-elle confusément à ressaisir, tandis qu'elle fixait dans le chambranle de la porte le jeune homme qui venait d'y apparaître ?

Qui était-il, qui pouvait-il être pour remuer en elle le trouble de cette lointaine mémoire qu'elle échouait, en dépit de tous ses efforts, à raviver ?

Ignorant de son propre prodige, sous l'éclat cru d'une simple ampoule qui lui faisait le teint livide, lui-même la fixait et semblait suspendu à ses lèvres, ses lèvres qui soudain murmurèrent ce nom : Frédéric, Frédéric Duvin…

16

C'était, oh, il y avait peut-être quatre ans. Il s'était présenté au bureau de l'UFR où Reine tenait sa permanence – celui-là même qu'elle avait quitté avec pertes et fracas quelques heures plus tôt – pour lui faire part de son projet de Maîtrise. Il souhaitait travailler sur les romans de Pierre Jean Jouve, mais ne savait par quelle entrée aborder ce corpus dont il se disait « passionné ». Passionné, il l'était assurément, mais si confus, et fragile, et fébrile ! La conversation avait vite tourné court, car Reine l'avait interrogé sans pitié sur ses motivations, et mesuré combien lui faisait défaut une pensée ne fût-ce qu'un peu construite sur ces œuvres dont les héroïnes semblaient l'exalter – comme si l'intérêt de la poétique jouvienne reposait sur ses seuls personnages ! Sa capacité de raisonnement s'engluait dans un enthousiasme maladroit qui le portait à ne jamais finir ses phrases. L'enthousiasme était sans doute une belle et trop rare qualité chez les étudiants, mais il ne pouvait suffire. Et Reine se refusait à édicter des sujets pour ainsi dire tout cuits qui pallieraient le manque à penser de ses prétendants : son rôle n'était certainement pas de donner la becquée. Et puis, à ce stade de sa carrière, elle ne voulait plus s'embarrasser de travaux balbutiants et, la plupart du temps, jamais achevés.

Oui, la conversation avait vite tourné court, tandis que Reine s'expliquait auprès de ce jeune homme. Lequel lui avait dit, à brûle-pourpoint et non sans avoir porté sur elle un regard ému, qu'il n'aurait manqué ses cours sous aucun prétexte. Avant d'ajouter : « Vous avez l'air tellement passionnée quand vous parlez… vous êtes impressionnante… Et puis, vous en jetez vraiment… enfin, je veux dire… vous… vous avez de la prestance… vous me faites penser à une tragédienne ». Il y avait eu un moment de gêne : tous les deux se regardaient, désarmés, dans le silence suspendu ; il s'était penché vers elle comme pour l'embrasser ; Reine n'avait pas cillé mais lui avait dit, implacable : « Sortez ! »

Le temps de fermer les yeux, puis de les rouvrir, il avait disparu de son bureau.

Et la solitude s'était abattue sur elle comme une chape de plomb.

Avec quelle netteté hallucinatoire les détails de cet instant lui revenaient soudain ! Reine se sentait vibrer à la pensée de ce jour révolu. Et éprouvait de nouveau le départ de Frédéric comme un vide abyssal, une spirale qui menaçait de l'entraîner vers un désespoir où tout semble vain, vieux et flétri. Elle revoyait jusqu'à ce rayon de soleil qui, en chauffant les boiseries, exhalait une odeur de poussière et de vieux vernis. Cette poussière qui tourbillonnait dans le halo de lumière pour mieux lui rappeler, peut-être, qu'elle était bien plus vivante qu'elle ne voulait le croire.

Avait-elle rêvé cette fougue timide qui donnait à penser qu'elle… qu'elle avait pu plaire à un garçon comme Frédéric Duvin ? fantasmé l'imminence de ce baiser dont elle n'était plus sûre, soudain, qu'il lui aurait déplu ? Que de doutes l'avaient minée depuis ! Que de remords l'avaient assaillie également ! Bien sûr, elle l'avait guetté de loin en loin dans la cour de la Sorbonne, mue par un espoir sincère de réparation. Quelque chose lui avait échappé dont elle aurait voulu se ressaisir. Mais quoi ? Jamais elle ne l'avait revu. Il avait rejoint la cohorte de ces étudiants qui passent puis disparaissent, de ces jeunes êtres privés de repères qui semblent destinés à ne devenir jamais rien ni personne.

Et, de fait, qu'était-il devenu au cours de ces quatre ans ? Serveur dans un restaurant, vendeur à la Fnac ? N'était-ce pas lui qui se tenait face à elle comme un revenant ? Elle n'aurait su le dire ! Est-ce que ces jeunes hommes, charmants mais ternis par la noce, les nuits trop courtes et la mauvaise nourriture, est-ce que ces jeunes hommes étaient à ce point interchangeables ?

Mais elle, qui se trouvait prétendument du bon côté de la barrière, elle, qui jugeait tout du haut de son intellection triomphale, qu'était-elle devenue au cours de ces quatre ans ?

Oh, elle, elle, elle : c'était toujours la même rengaine ! Elle dont l'existence pouvait sembler brillante aux yeux de certains : il eût été plus juste de dire qu'à défaut de vivre, elle ne mourait pas. Y avait-il quelque chose à vivre, en effet, après les copies du soir ? Y avait-il un être de passion derrière le totem sorbonnard ? Y avait-il seulement quelqu'un ? Elle n'était faite que du discours des autres, que des œuvres par d'autres qu'elle écrites – championne de la glose quand ses divagations mégalomaniaques la promouvaient quasiment Trésor national ! Mais elle n'était pas même Chevalier des Arts et des Lettres, elle, et sa vie se délitait tout entière dans ce que Hegel appelait, terrible condamnation à laquelle elle était tentée d'ajouter foi, la « critique rongeuse des sots ». Et pas seulement dans la critique, hélas, mais aussi dans l'accablement et la lassitude.

Au cours de ces quatre ans, elle avait succombé à la mélancolie du temps et ressassé à l'envi la rhétorique du *nevermore.* Au cours de ces quatre ans, Henri l'avait désavouée, piétinée dans ses dévouements, humiliée dans sa dignité. Au cours de ces quatre ans, elle avait été rendue à une liberté qu'elle ne souhaitait nullement et dont elle n'avait su faire aucun usage. Au cours de ces quatre ans, elle s'était consumée en une vaine résistance au sentiment qu'elle se faisait de son échec. Au cours de ces quatre ans, elle s'était contentée de subsister dans les décombres de l'après, de l'autre côté de l'amour, là où il n'y avait plus rien à vivre qui ne vînt d'elle-même. Quatre ans sans la moindre tendresse, sans la ressource d'une épaule sur laquelle poser sa tête, dans cet appartement chargé de souvenirs douloureusement vivaces : Henri, Henri partout…

Et elle se mourait sous le vernis social…

Souveraine des apparences dans le royaume du rien.

Voilà pour le bilan !

Mais, tout de même, tragédienne, cela signifiait qu'elle pouvait encore susciter des passions… Et c'était peut-être pour cela que l'apparition de cet éventuel Frédéric soudain la foudroyait : il chantait la mémoire de possibles qu'elle avait en leur temps balayés. Rompue là où elle se croyait inflexible, elle l'avait congédié d'une parole assassine. Oui, elle avait meurtri tous ses élans pour mieux neutraliser l'ambiguïté d'une situation qui la menaçait. Car – et il lui était difficile de l'admettre, mais à ce stade de la soirée et de sa vie, n'avait-elle pas tout intérêt à balancer aux orties ses habituelles dénégations ? –, Frédéric était d'une beauté qui avait su l'émouvoir, Frédéric était animé à son endroit d'un désir vibrant auquel il lui avait appartenu, à elle, de succomber, Frédéric, enfin, lui avait parlé comme à une femme, et elle avait préféré *ne pas l'entendre !*

Qu'il était troublant de revisiter un passé qu'elle croyait anodin pour en découvrir *a posteriori* les chances non saisies ! Parviendrait-elle jamais à échapper à cette fatalité de l'inassouvissement dont il lui sembla, soudain, et pour la première fois peut-être, qu'elle était la première responsable ? Et si l'occasion lui était donnée, ce soir, de remporter une victoire sur ce passé ? Elle savait bien que le *kaïros* ne passe qu'une fois et ne se peut ressaisir. Mais elle n'ignorait plus que le bonheur doit se cueillir *maintenant ou jamais.*

Encore que, vêtue d'une seule combinaison, au milieu de tout ce foutoir…

Car, elle l'avait oublié le temps de cette remémoration, la chambre de Katia présentait un spectacle de désolation : il y avait des fringues partout, à même le sol, à même le lit, et jusque dans l'évier, mais surtout dans les décombres de ce qui semblait avoir été jusque-là une manière d'armoire.

Cette réalité la ramena au jeune homme qui, donc, se tenait face à elle : être de chair et de sang, non plus fantôme de présence, qui attendait avec une étonnante patience qu'elle ait repris ses esprits.

Que voulait-il au juste ?

Il semblait soucieux d'obtenir avant toute chose, en guise de préambule à la requête qui l'avait poussé à frapper à la porte, et afin sans doute d'ajuster son discours à la réalité de son interlocutrice, un petit éclaircissement – petit éclaircissement qui ne fut ni du goût ni à la gloire de Reine : est-ce qu'elle aussi travaillait pour Josyane ?

« Tu as donc l'air d'une prostituée. Et encore, d'une prostituée sur le retour » lui chuchota cette voix qu'elle connaissait trop bien.

Vite, le désabuser.

— Écoutez, jeune homme, j'ai bien conscience que les apparences jouent contre moi. Pour le dire tout de go, je suis dans une situation impossible, et... Enfin, si je vous avoue que je suis professeur à la Sorbonne, je suppose que vous aurez quelque peine à me croire.

— C'est le moins qu'on puisse dire, répondit-il d'un ton peu amène. Écoutez, je ne sais pas ce que vous trafiquez ici, et très honnêtement, ça m'est parfaitement égal. Le seul problème, c'est que j'ai un examen demain, et vous m'empêchez de réviser. Alors vous serez gentille d'arrêter de hurler toute seule et de tout casser autour de vous.

Sans un sourire, sans un encouragement, définitif dans l'opinion dégradante qu'il avait conçue de Reine, implacable dans sa menace, faisant refluer tous les espoirs vers les régions obscures du renoncement dans lesquelles elle s'était trop longtemps terrée, il lui tourna le dos et se dirigea vers sa propre studette.

17

Reine à sa suite dans le dédale de couloirs aventureux.

Elle ne voulait pas le laisser partir comme cela. Elle ne voulait pas, elle ne pouvait pas sortir bredouille de cette quête qui l'avait menée aux derniers confins de la nuit et de la misère pour y découvrir, contre toute attente, qu'un instinct désespéré, qu'un instinct indéfectible et éperdu, qu'un instinct de bonheur l'habitait.

Lui si jeune, si beau, qui avait cette nuit, cette nuit ou jamais, ainsi l'avait-elle décidé, le pouvoir de la délivrer de cette vieillesse dans laquelle elle risquait de sombrer définitivement s'il ne lui prêtait vie, ne fût-ce qu'un instant. Elle avait tant lutté et s'était tant épuisée dans cette lutte qu'elle se sentait prête à abdiquer. Tous ces efforts dispensés en vain, cette soirée grotesque, ce livre qu'elle n'était pas même parvenue à trouver ! Sortirait-elle une fois de plus perdante de ce combat acharné pour extorquer à toutes les dégradations qui l'altéraient une lueur d'espoir ? Est-ce que cette promesse à hauteur de laquelle elle entendait se hisser allait lui échapper ? Est-ce qu'elle avait fait son temps ? Ce qu'elle voulait, c'était un peu de vie encore, c'était la brisée d'une ligne de fuite dans l'horizon barricadé de ses jours. Ses jours toujours les mêmes. Elle éternellement clouée à des heures de cendre, comme un papillon à son bouchon de liège… Ses ailes pouvaient battre encore, elle venait de le découvrir, et elle tentait de prendre son envol entre les murs trop étroits de cet étage de service. Maladroite et meurtrie, certes, mais invaincue, et palpitante, et vive en cet instant où il lui semblait que tout son être se jouait !

Mais quel était le devenir de cet instant si elle demeurait seule à vouloir le vivre ? À quoi bon flamboyer de ses derniers feux s'il l'abandonnait sur le seuil du moment fondateur ?

Courir après lui. Lui demander quelque chose, une broutille, du feu, un bonbon, n'importe quoi, pourvu que le contact soit rétabli, le premier acte de langage ferait l'affaire.

Et quelle déception elle éprouva vis-à-vis d'elle-même lorsqu'elle s'entendit lui demander s'il avait une serpillière !

C'était hélas la seule idée qui venait de se présenter à son esprit pour justifier son intrusion dans la chambre du jeune homme – et, très étonnamment, il avait laissé sa porte entrebâillée : est-ce à dire qu'il avait laissé à Reine la possibilité de pénétrer dans son intimité ? Sa studette était à peine plus grande que celle où Katia subsistait misérablement, et cependant il s'en dégageait une impression de confort. De toute évidence, il l'avait conçue comme un sanctuaire où se recueillir et se protéger des offenses du dehors. Il était assis à son bureau, lui tournant le dos, un dos qu'elle devinait osseux sous le chandail élimé, les épaules fragiles, la nuque si blanche, si tendre et inaltérée qu'elle aurait voulu...

Quelques notes cristallines, un piano, Chopin, ce « soupir en escarpin de bal » qu'elle avait toujours abominé parce que trop sentimental à son goût, et qui soudain lui semblait exquis de grâce et de mélancolie. Il était donc assis à son bureau, lui tournant le dos, visiblement plongé dans ses révisions.

Imperturbable et ingénu, ou alors merveilleusement confiant.

Autour de lui ne régnaient que le calme et la sérénité.

Et ce fut calmement, sereinement, sans marquer la moindre surprise, sans lui garder rancune de ce qu'elle avait troublé son étude, qu'il se tourna vers elle. Son regard était si vrai qu'il invalidait toutes les affabulations, ces vaines parades par lesquelles Reine s'était bricolé une identité de rechange, érigée en icône meurtrie, toujours victime de la brutalité des autres. Et soudain elle n'avait plus envie de parler, elle acceptait de lui apparaître dans la nudité de son visage fatigué, ne trouvant plus rien qui valût d'être dit.

Et lui non plus ne disait rien : il se contentait de la regarder, accueillait son apparition sans trouble, comme désireux de lui donner en partage ce qu'il avait, le peu qu'il avait et savait si bien posséder. Et lorsqu'il brisa le silence, ce ne fut certes pas pour accéder à cette grotesque demande de serpillière :

— Je vous reconnais à présent. Il me semblait bien que je vous avais déjà vue quelque part. Vous habitez l'immeuble d'en face, n'est-ce pas ?

Derrière lui, au-delà de la fenêtre qui surplombait son bureau, de l'autre côté de la cour, un peu lointaines mais parfaitement visibles, élégantes et majestueuses, propices à toutes les rêveries d'une vie idéale, se dressaient les fenêtres de son propre appartement. Ainsi vivaient-ils en regard l'un de l'autre, depuis plusieurs années peut-être, et Reine n'avait jamais su distinguer ce carré de lumière dans lequel elle s'éprouvait à des émotions inédites.

— J'ai eu un doute quand vous m'avez ouvert la porte. Mais maintenant j'en suis sûr. En fait, je vous observe souvent le soir… Je travaille et puis, machinalement, je vous regarde… Parfois, ça dure des heures entières.

— Et à quoi songez-vous lorsque vous me regardez ?

— Oh, je ne sais pas si je songe à quoi que ce soit. Je vous vois, comme moi, le dos courbé sur des copies. À ceci près que vous les corrigez et que moi je les rédige. J'imagine que j'aimerais être un jour à votre place. C'est bizarre, d'ailleurs, la façon dont l'Université tourne en rond… Je veux dire : les étudiants ne semblent destinés qu'à devenir des professeurs, lesquels formeront à leur tour de futurs professeurs, et ainsi de suite… On ne sort pas du cercle…

— Oui, et où est le sens de tout cela ? C'est précisément ce qui, ce soir, m'échappe.

Ce qui ne lui échappait plus en revanche, c'est qu'elle ne se trouvait pas en face de Frédéric Duvin. Et peu lui importait désormais, puisque seule comptait la succession de ces instants pleinement vécus, avivés sans nostalgie ni regret. Il était là, elle était là, il n'y avait rien d'autre à constater – et peut-être rien à obtenir que ce qui était déjà.

— Vous avez l'air épuisée. Vous pouvez vous installer sur le divan, si vous voulez, pendant que je travaille.

— Merci.

Ce qu'il appelait le divan était un lit sur lequel était disposé un élégant désordre de coussins multicolores.

— On se sent bien chez vous, dit-elle après avoir balayé la pièce d'un regard attentif. Vous avez su investir ce lieu avec beaucoup de chaleur. Chez moi, je m'en rends compte en vous parlant, je me sens en proie à une hostilité permanente. Tous les jours, c'est la panique, le sauve-qui-peut. D'ailleurs, c'est bien simple, je ne trouve jamais aucun répit dans cet appartement.

— Un répit à quoi ?

— C'est une excellente question. En réalité, je ne sais pas vraiment... J'ai l'impression d'avoir perdu la clef de moi-même – et depuis quand ? je serais bien incapable de vous le dire… Oui, c'est comme si la clef s'était perdue au fond d'un puits… C'est sans doute pour cela que je suis ici ce soir. Mais voilà que je parle comme une Mélisande. À mon âge, c'est franchement ridicule !

— Quand vous dites *ici*, vous voulez dire chez moi ?

— Chez vous ? Après tout, oui, peut-être… Mais je pensais surtout à tous ces lieux où je n'ai pas ma place… Ici ou ailleurs… Au Coco Bar, dans la rue, dans la chambre de Katia…

— C'est étonnant, à vous voir évoluer dans votre appartement, j'aurais juré que vous l'aviez trouvée depuis longtemps, votre place.

— Je crains que vous n'ayez observé qu'un théâtre d'ombres. Cet appartement, j'ai tout fait pour le fuir, et ce soir j'y suis parvenue. Pas exactement comme je l'entendais, mais enfin…

— Justement, je ne voudrais pas être indiscret, mais comment se fait-il qu'une femme comme vous puisse fréquenter le Coco Bar, et surtout atterrir chez Katia ?

— Oh, ce serait trop long à expliquer ! Disons que je cherchais un livre… Et je commence à comprendre que chercher ou fuir, au fond, cela revient exactement au même. Mais, pardonnez-moi, je ne voudrais pas vous détourner de votre travail…

Dans le mouvement qu'il fit pour s'étirer, son chandail se souleva, révélant un ventre délicatement arrondi, un ventre dont la peau avait encore la tendresse duveteuse de l'enfance…

— Oh, je crois que je ne suis plus capable d'emmagasiner la moindre information...

— Dans ce cas, est-ce que je peux vous demander quelque chose à boire ? Mais, pardon, j'abuse de votre hospitalité, vous avez sans doute envie de vous coucher à présent...

— Non, pas tout de suite. Par contre, je n'ai pas grand-chose à vous offrir : de l'eau, un fond de bière éventée ou de la vodka.

— Au point où j'en suis, je ne dirais pas non à une petite vodka.

Qu'elle était souple et sûre, sa démarche ! Il n'était pas grand, certes, mais il se mouvait avec le délié d'un danseur. Après avoir rempli deux verres, il s'assit en tailleur sur le lit, tout à côté de Reine. L'odeur de sa peau, cette fragrance légère, à la fois poudreuse et citronnée ! Et toujours ces harmoniques si cristallins, fougueux et tristes à la fois, Chopin qui se déversait à flots dans la chambre !

Reine avait besoin de boire encore, boire pour fléchir ses dernières résistances à l'instant offert, boire pour ne pas rompre le fil fragile de ce bonheur inattendu, boire pour puiser au fond d'elle-même quelque chose de vrai – les mots qui la guideraient vers l'avènement… l'avènement de ce qu'elle ne savait dire encore… ce presque rien si précieux qui lui semblait enfin promis.

Ô immédiateté !
En préserver le génie coûte que coûte !

18

Quelques verres plus tard, elle faisait ce qu'elle pouvait. Et que pouvait-elle sinon, une fois de plus, pleurer sa vie ?

— Parce que ce que je poursuis, c'est précisément ce à quoi je voudrais échapper : l'évidence que je vieillis, que mon mari m'a quittée et que je ne m'en remets pas, l'évidence que j'ai été supplantée par une autre femme, plus douée que moi pour le bonheur, et contre laquelle je ne peux pas lutter. Voilà ce que je poursuis, ou ce dont je suis poursuivie : c'est égal ! Et qu'aurais-je gagné ce soir, si je ne vous avais trouvé de l'autre côté de ma catastrophe ? Oh oui, je sais, je lâche un mot énorme, et sans doute penserez-vous que je vous sors le grand jeu des emphases, mais c'est précisément cela que j'ai vécu : une catastrophe morale. Comprenez-moi... Je croyais que j'étais celle qui le sauverait de sa propre mélancolie – quand je l'ai rencontré, il était tellement obsédé par ses délires hypocondriaques... il avait perdu toute foi dans l'existence et je l'ai vu pour ainsi dire revivre à mon contact. Alors, oui, j'ai pensé que j'étais appelée à jouer un rôle providentiel dans sa vie, et je me suis dévouée à lui corps et âme, et je puis aller jusqu'à dire que je me suis programmée psychiquement pour l'accompagner jusqu'à son dernier souffle, ou le mien. Mais, voyez-vous, il a suffi qu'une autre femme apparaisse pour que je lui devienne inessentielle. Et cette petite intrigante de cinquante balais, de quel poids est son amour au regard de son avidité à embrasser la culture dite parisienne ? À peine l'a-t-elle vu qu'elle a fait d'Henri un trophée à obtenir coûte que coûte. Et lui, si faillible, si flatté soudain, il l'a laissée s'emparer de tout, il lui a donné en pâture ce que je considérais comme irréductiblement mien. Quel cinglant démenti à mon horizon d'attente ! C'est toute ma mythologie personnelle qui s'est effondrée d'un coup. Et la blessure de n'être plus l'élue, si vous saviez comme elle me meurtrit, je ne finis pas d'en saigner ! Et depuis, je ne cesse de m'interroger... L'amour n'a-t-il d'autre vocation que de partir à vau-l'eau ? Faut-il se rendre inaccessible et se parer d'un faux mystère pour préserver ses chances d'être un peu désirable ?

Parce qu'au fond, quand on se met à nu, ça n'est pas toujours l'enchantement, n'est-ce pas ? Mais, pardonnez-moi, je vous dis cela, à vous qui êtes tellement jeune…

— Oh ! vous savez, ce n'est pas parce qu'on est jeune que le désir est facile… Dans le fond, je me sens aussi seul que vous.

— Vraiment ? Mais c'est terrible ce que vous dites… Je pensais que pour un jeune homme comme vous, tout affleurait à la surface et que vous n'aviez qu'à vous servir… Mais, dites-moi, êtes-vous heureux ? Je ne saurais vous expliquer pourquoi, mais je voudrais tant que vous le soyez !

— Disons que je cherche à cueillir mes fruits, c'est déjà quelque chose. Quant au bonheur… Oui, il y a des moments où je me sens vraiment bien et où je ne me pose plus de questions. Mais dans l'ensemble, je suis trop tendu vers un but que je n'ai pas encore atteint pour pouvoir dire que je suis heureux. C'est peut-être la raison pour laquelle j'aime rêver sur vos fenêtres : je pensais que vous étiez arrivée à un stade de votre vie où vous pouviez profiter de votre accomplissement.

— Mon accomplissement ! Voilà qui me donne envie de vous redemander une goutte de vodka !... Merci... Vous pensez donc que lorsqu'on a atteint un certain âge, on n'a plus rien à se prouver et qu'il suffit de se reposer sur ses acquis ? Vous vous trompez, malheureusement. Il n'y a pas d'âge pour être tourmenté...

— Mais qu'est-ce qui vous tourmente aujourd'hui ? Je ne peux pas croire que le départ de votre mari ait suffi à vous briser à ce point. Il y a nécessairement autre chose qui ne dépend que de vous.

— Vous avez une façon très singulière d'envisager les choses. Oui, je sens que vous avez raison de me parler comme vous le faites... Mais comment pourrais-je vous répondre sincèrement ? Il faudrait que je vous avoue des traits de mon caractère qui ne sont pas très reluisants... Mon orgueil démesuré, par exemple... Mais il n'y a pas que cela, vous savez... Il y a le poids mort des années perdues... Et puis, toutes ces chances que j'ai laissées passer et qui ne se représenteront plus.

— Mais comment pouvez-vous parler d'années perdues ? Vous avez atteint une position très enviable dans la société, et vous la devez à votre travail... J'imagine que vous n'avez jamais perdu votre temps...

— Oh, pour ce qui est du travail, en effet, je n'ai rien laissé au hasard. Mais pour le reste... la vie privée, comme on dit... c'est une catastrophe. Sans doute aurais-je gagné à reconnaître plus tôt que mon amour pour Henri était en partie une construction de mon esprit... Cela m'aurait peut-être rendue plus disponible à de nouveaux bonheurs... Parce que, si je suis honnête avec moi-même, je dois admettre que notre couple battait de l'aile depuis des années et...

Et rebelote.

Mais aussi, ce jeune homme avait une telle qualité d'écoute... Il la regardait, pour ainsi dire, de toutes ses forces. Qui était-il, au fond, pour s'intéresser à de telles confidences ? Reine elle-même ne savait plus très bien ce qu'elle disait : elle dévidait un écheveau de paroles étonnamment fluides, mais dont ne lui parvenait que l'écho.

— … est-ce que je peux lui en vouloir d'avoir cherché à se renouveler – et surtout d'y être parvenu ? Parce que, pour ce qui me concerne, depuis notre séparation, je n'ai pas réussi à retrouver mon unité… Il y a des morceaux de moi partout, dans tous les coins de cette pièce par exemple, mais aussi dans l'escalier, et jusque sur les trottoirs. Je vis dans un corps ravagé par la mémoire, et cette mémoire est en lambeaux. Et je vais, je viens, les bras ballants, et je n'existe plus que par la force de l'habitude. Plus rien ne fait sens. Le désir est devenu un spectacle que, depuis des années, je n'observe que de loin – non pas en spectatrice désintéressée, mais en spectatrice décidément *hors-jeu*. Et cependant, le désir n'est-il pas ce qui nous maintient en vie, même tragiquement ? Je vous pose la question, mais en réalité, j'en ai la certitude depuis ce soir, et je n'ose vous dire pourquoi vous êtes celui qui m'inspire ce savoir inédit... Est-ce que je ne suis pas en train de vous dire n'importe quoi ? C'est terrible, je bois pour éviter de parler, et finalement je parle parce que j'ai trop bu... Je ne peux pas m'empêcher de déborder, sitôt que je lâche la bride. Vous voyez, si je me tranchais les veines, là, tout de suite, devant vous, il s'en écoulerait, j'en suis sûre, une poix épaisse de mots – des mots, des mots, rien que des mots ! Des mots dont je m'étourdis faute d'autre chose. Des mots qui ont échoué à faire de moi autre chose que cette sale égoïste qui ne vous parle que d'elle... Je suis à moi-même toutes les lettres de la religieuse portugaise... Mon verre est déjà vide ? Je ne me souviens même pas de l'avoir bu... Vous croyez que... ? Merci, vous êtes décidément bien aimable... D'ailleurs, pourquoi est-ce que je flirte ce soir avec les frontières de l'alcoolisme le plus pathétique ? Je vais vous dire : c'est parce que je cherche à me *déverrouiller* le cœur, c'est parce que je me sens portée vers vous par un mouvement éperdu et je ne sais comment sortir de moi-même pour justement vous atteindre. Le moi, pardonnez-moi si je singe Pascal, c'est quand même la pire prison que je connaisse – à titre symbolique, bien sûr, je sais toute l'horreur politique et sociale des vraies prisons puisque j'ai assuré des missions d'enseignement pénitentiaire. Mais y a-t-il une issue à soi-même ? Je veux dire, en dehors de l'amour ? Et encore, l'amour !... Est-ce qu'on parvient jamais à épargner l'autre de ses visions et de ses calculs ? Regardez-moi : est-ce que je ne cherche pas à piller votre jeunesse pour me sentir un peu plus vivante ? Après tout, tant d'années nous séparent, je devrais avoir honte…

— Je pense que rien d'autre ne nous sépare qu'une cour d'immeuble. Le reste est superflu, à commencer par vos scrupules. D'ailleurs, je suis sûr que vous ne les éprouvez pas vraiment : vous laissez la société parler à votre place.

D'où tenait-il cette étonnante sagesse ? Et à quoi l'encourageait-il en lui tenant ces propos frappés au sceau d'une certitude presque autoritaire ? Reine osait à peine y songer…

— Alors je vais vous avouer ce que je voudrais, ici même, ce soir. Je voudrais m'abîmer dans la verticalité de chaque seconde – la verticalité, entendez-moi bien : je veux dire par là que je ne projette rien sur vous, oh non ! et je ne caresse aucun futur dans lequel je vous assignerais une place. Mais, comment pourrais-je le dire autrement ? il me semble que je vis en votre compagnie, pour la première fois depuis longtemps, et pour la toute première fois peut-être, quelque chose de *vrai*... Si vrai que je voudrais échanger avec vous... disons... une sorte de serment... Et si je vous tendais la main, là, tout de suite, est-ce que vous accepteriez de vous en saisir ?

19

Combien de temps s'était-il écoulé avant qu'elle ne s'éveille, la tête posée sur les genoux de ce garçon qui ne lui était plus inconnu, mais dont elle ignorait tant de choses, et jusqu'au prénom ?

Le silence de la pièce était à peine troublé par le souffle régulier qu'elle entendait au-dessus de sa tête : il dormait.

Combien de temps encore, avant que son regard ne se fixe machinalement sur un objet qui calait le pied d'une table basse, un objet dont les contours se précisèrent jusqu'à devenir – quoi ? on aurait dit un livre, tiens donc, oui, un livre, et comme c'était original de caler un pied de meuble avec un livre... Un livre sur la couverture duquel dansaient des lettres, des lettres qui, à mesure que Reine sortait de la torpeur, se condensèrent en groupes distincts, trois exactement, un nom, un prénom, ainsi qu'un titre et...

Non !
Si ?
Était-ce seulement possible...

Bien sûr, son intérêt pour ce livre s'était sensiblement dissipé au cours de la nuit et Tristan Chagrin ne représentait plus grand-chose à ses yeux, depuis qu'elle avait pénétré dans cet immeuble, elle avait compris que ses souverainetés étaient périmées et qu'elle pouvait désormais conjuguer ses jours au présent – ni héroïne ni tragédienne, une femme de peu, peut-être, mais de désir –, bien sûr, il ne lui restait plus beaucoup de temps avant que Rosa n'ouvre les portes de son appartement pour y faire le ménage, et elle devait profiter de sa présence pour pouvoir enfin rentrer chez elle – et encore lui fallait-il, auparavant, écrire un billet à ce jeune homme et à Katia afin de leur laisser ses coordonnées pour le cas où ils auraient souhaité la revoir – elle en tout cas le souhaitait, et elle tenait à dédommager Katia du désordre effroyable dans lequel elle était contrainte de laisser sa studette, et elle avait à cœur de soutenir ce jeune homme dans ses études et, qui sait, peut-être même dans sa vie, puisqu'il lui avait confié qu'il se sentait seul –, mais enfin, voilà, c'était comme ça, à l'issue de cette nuit de frasques, trouver ce livre pour lequel elle s'était désarmée et mise en aventure, et le trouver, de surcroît, *in extremis,* même si elle n'en avait vraiment plus grand-chose à faire, voire, pourquoi ne pas trancher le mot, carrément plus rien à taper, la tentation de s'en saisir, ne fût-ce qu'à titre d'emblème, ou de fétiche, cette tentation était sans nul doute ridicule, mais décidément et délicieusement irrésistible !

Un coup d'œil sur la quatrième de couverture suffit à la convaincre que Roland avait eu raison d'en parler comme devant être « une de ces merdes », puisqu'il apparaissait qu'avec un extraordinaire talent de conteur, Tristan Chagrin sondait comme personne les arcanes de la psychologie féminine et chauffait à blanc des passions violentes autant qu'extrêmes qui plongeaient le lecteur dans un trouble dont il ne sortirait pas indemne.

Est-ce que ça marchait encore, ce genre de formules toutes faites, ces modules de clichés mis bout à bout, et qui n'étaient que du vide aménagé en mots ? Apparemment non, puisque ce roman avait fini au pilon et n'avait guère trouvé d'autre lectrice que Stacey…

Mais Reine devait-elle encore s'en soucier ?

Il lui suffisait de regarder ce visage endormi, enseveli, pour ainsi dire, dans la candeur de son sommeil, pour comprendre qu'elle avait eu raison de se montrer audacieuse et de se jeter à corps perdu au-devant de cette rencontre. Qu'y avait-elle gagné d'assuré et de tangible ? Rien, peut-être, sinon la certitude qu'elle n'était plus seule, désormais, puisqu'elle pouvait s'autoriser le geste tendre de caresser ces cheveux ébouriffés avant de partir. Rien d'autre qu'un souvenir, peut-être, ce souffle paisible à l'unisson duquel elle avait respiré !

Enfin, elle comprenait ce qu'entendait Philippe Jaccottet quand il écrivait, si la mémoire de ses récents travaux ne la trompait pas, que « ce sont peut-être les légers et les téméraires qui ont raison, ceux qui acceptent de se perdre sans espoir de compensation ». Oui, il lui semblait donner corps à cette bribe de poésie qu'elle avait toujours admirée, mais comme de l'extérieur, sans jamais parvenir à la faire sienne.

Sans espoir de compensation…

Perdue en apparence mais peut-être retrouvée.

Et elle avait gagné son pari : le jour à venir ne s'était pas encore levé qu'elle avait ce livre entre les mains ! Ce livre qu'avec une jubilation extrême, cependant qu'elle remontait la rue de La Rochefoucauld aux premières lueurs de l'aube, jugeant soudain inutile de s'encombrer d'un emblème ou d'un fétiche, et soudain oublieuse de tous ces plumitifs dont les destins avortés l'avaient touchée la veille, avançant sans fard vers les heures à conquérir, inconséquente et légère, légère, elle balança dans le caniveau !

À la mémoire de Martine Corvisier, née Rossignol (1944-2006).

Cet ouvrage a été imprimé en France
par CPI Bussière
à Saint-Amand-Montrond (Cher)
en mars 2011

Composé par FACOMPO à Lisieux (Calvados)

N° d'édition : 16666. — N° d'impression : 110455/1.
Dépôt légal : mars 2011.